永福門院

Eifukumonin

小林 守

コレクション日本歌人選030
Collected Works of Japanese Poets

笠間書院

『永福門院』―目次

凡例

一、本書には、鎌倉時代後期から南北朝時代に活躍した永福門院の歌五十首を載せた。

一、本書は、主要作品の紹介を中心としながら、歌人の生涯をたどり、従来にない新しい和歌の表現に留意した作品鑑賞に重点をおいた。

一、本書は、次の項目からなる。「作品本文」「出典」「口語訳」「鑑賞」「脚注」「略歴」「略年譜」「筆者解説」「読書案内」「付録エッセイ」。

一、テキスト本文と歌番号は、主として『新編国歌大観』に拠り、適宜漢字をあてて読みやすくした。

一、鑑賞は、基本的には一首につき見開き二ページを当てた。

永福門院

01

昔よりいく情《なさ》けをか映《うつ》しみるいつもの空にいつも澄む月

【出典】歌合当座永仁五年八月十五夜・二十番・寄月雑・左

昔からどれくらい人人の情けを映し見ていたのであろうか、今夜も見事だが、変わることなくいつもの空にかかり、いつも澄んでいる月よ。

永仁《えいにん》五年（一二九七）の八月十五夜歌合、この時の歌が伏見院中宮《ちゅうぐう》の永福門院の歌の中では早い時期の歌である。門院、二十七歳。この歌合は中秋《ちゅうしゅう》の名月にちなんで＊伏見院《ふしみいん》のもとで行われた＊晴《はれ》（公的な）の歌会《うたかい》である。左右の方人《かたうど》計十六人による寄月《つきによする》秋・寄月恋・寄月雑の三題。伏見院は勅撰集《ちょくせんしゅう》を企《き》図《と》するほど歌道《かどう》に熱を入れられていた。ここにあげたのは寄月雑の歌である。

この一首は、古来《こらい》うたいつがれている月を観《み》た時の感動を、月の変わらぬ

＊伏見院―第九十二代天皇。後深草天皇の皇子。
＊晴の歌会―改まった公式の歌会。歌会では集まった歌人のよんだ歌が披露される。

存在そのものから表《あらわ》そうとしている。月には、人々の思いがさまざまに映《うつ》されている。このいつも見ている月が、変わらずに天空にあることの発見を率《そっ》直《ちょく》に詠《よ》んでいる。特に下句「いつもの空にいつも澄む月」は「いつも」の繰り返しによる*畳句《じょうく》だが、歌の常道を無視して自分の思いを生かしている。一首は、王朝以来の和歌の修辞《しゅうじ》の掛詞《かけことば》や縁語《えんご》なども無縁である。歌合の判詞《はんし》では門院の歌は「いくなさけをかうつしみる、いつもの空にいつもすむ月、心をかしくもこと葉めづらしく侍る」と評されている。おもしろくも風情《ふぜい》があり新鮮な感じだという、心が「をかしく」、詞が「めづらしく」というところは、門院の、心を重視し、思うままに歌言葉にとらわれないでうたう態度をいう。

これは、歌道家*京極為兼《きょうごくためかね》の教えによるところが大きい。*藤原俊成《しゅんぜい》、*定家《ていか》の直系にあたる*二条為世《にじょうためよ》が主導する当代の伝統的な二条派の和歌とは異なる。京極為兼は伏見院の歌道師範役として活躍していた。永福門院も、為兼の教えに基《もと》づいて終生作歌活動をしていく。

なお門院のこの歌は藤大納言典侍《すけ》（為子《ためこ》）の*右歌と番《つが》えられ、勝負は持《じ》（引き分け）であった。

*畳句—一首に同じ語句を重ねて詠むこと。和歌では避けるべき「歌病《かへい》」とされていた。

*京極為兼の教え—為兼には歌論『為兼卿和歌抄』がある。弘安八〜十年の頃に成立。「心のままに詞の匂ひゆく」表現を重視した。

*藤原俊成—平安末期の代表的な歌人。千載集の撰者。

*定家—俊成の子。新古今集の共撰、新勅撰集の撰者。

*二条為世—二条為氏の子。新後撰集・続千載集の撰者。

*右歌—「いく度か此世ならでも馴《な》れ見けむ我こそしらね月は知るらん」。為子は為兼の姉であり、伏見院・永福門院に仕えた京極派歌人。

02

薄霧《うすぎり》のはるる朝けの庭みれば草にあまれる秋の白露《しらつゆ》

【出典】仙洞五十番歌合・三十番・秋露・左。玉葉和歌集・秋上・五三六

うす霧が晴れあがっていく明け方の庭を見ると、草いっぱいにたっぷりとおりている秋の白露よ。

【詞書】秋御歌の中に（玉葉集）。

【語釈】○朝け—日の出前の明るい時分。夜明け。

「秋露」という題で詠まれているが、門院が秋の庭前《にわさき》で何度も目にした光景ではないかと思われる。見たままの景を写実的に素直《すなお》に表している。うす霧が、今しも晴れ上がっていく明け方を写す自然詠といえよう。

上句の条件「庭みれば」と、下句の結果「秋の白露」とが直線的につながっていく。結句「秋の白露」の体言止めは余情《よじょう》をもたらしていくが、複雑な和歌の修辞《しゅうじ》はなく、叙景《じょけい》に徹《てつ》した自然詠の特色がよく出ている。

もとより叙景の言外《げんがい》に情がある。一・二句の「薄霧のはるる朝け」からは、霧がはれあがってくる夜明けのひと時の、爽快《そうかい》になる気分がおのずと表わされているし、三句以下の表現からは、庭の草に目をやって、冷え込んだ朝に草からあふれるばかりに下りている白露《しらつゆ》に感動していることがわかる。『*仙洞《せんどう》五十番歌合』は乾元《けんげん》二年（一三〇三）閏《うるう》四月二十九日、時に門院は三十三歳、京極為兼が佐渡から帰洛直後に伏見院の御所で行われた。左方は伏見院・永福門院等、右方は京極為兼・後伏見院・西園寺実兼《さねかね》等の各十人で京極派が中心である。題は春風・夏雨・秋露・冬雲・恋夕。判詞では門院の歌は「うす霧のはるるあさ気の草にあまれる露、みる心地してをかしく侍る」と評されている。霧や露という和歌にはなじみの素材が、目前の光景の中から、そのものの姿として新しく捉《とら》えられ、表現されている。「みる心地してをかしく」という歌はまさに*京極派和歌の追求するものであった。

この『仙洞五十番歌合』の頃をもって京極派歌風が確立したといわれる。門院のこの左歌は後に『*玉葉《ぎょくよう》集』に入集するが、門院と番《つが》えられた九条左大臣女《むすめ》の*右歌は後に『*風《ふう》雅《が》集』に入る。勝負は持である。

*仙洞五十番歌合―判は衆議（方人の衆議で決した）であるが、後日に判詞を為兼が書いた。

*京極派和歌―二条家に対抗した京極為兼の影響を受けた新風和歌。

*玉葉集―伏見院のもとで京極為兼が撰した第十四番目の勅撰集。正和元年（一三一二）成る。門院四十二歳。

*右歌―「しほれふす枝吹きかへす秋風にとまらずおつる萩の上露」。

*風雅集―貞和二年（一三四六）成立。『玉葉集』と並ぶ京極派の勅撰集。

03

おのづから氷り残れるほどばかり絶《た》えだえに行く山河《やまがは》の水

【出典】新後撰和歌集・冬・四九一

自然と凍り残っているあたりだけ、とぎれとぎれに流れていく山の中を流れる川の水よ。

『新後撰和歌集《*しんごせん》』に採《と》られている永福門院の三首の中の一首である。冬歌は王朝和歌では比較的少ないが、中世になると多く詠まれていく。門院のこの歌も冬歌である。

「題しらず」とあるので、題詠《だいえい》とは考えにくい。一首は、厳しい寒さに山川の水は凍《こお》りはじめているが、氷の隙間《すきま》には凍らずに残る流れが、わずかに、たえだえに行くというのである。「おのづから」は自然に行われていく

【詞書】題しらず。

＊新後撰和歌集―十三番目の勅撰集。嘉元元年（一三〇三）成る。永福門院は三十三歳。

さまを表す。「絶えだえに」は切れるように見えてわずかに続くさまを表す。
「山河」（やまがは）は山の中を流れる川のことである。

真冬の寒さ。山川の水が凍り、わずかなたえだえの流れのみ。冬の凍《い》てつく空気も感じさせる。

門院の視点は、山中から山川、岩間の流れと一直線に流れるようである。結句「山河の水」が体言止めなので余情がないわけではないが、水の流れが「絶えだえに行く」ところを注視している点に、作者の感慨《かんがい》も込められているのではなかろうか。水の流れから眼を離さず、動きのある対象を見すえる態度のなかから、平明な言葉に徹《てつ》した自然詠が生まれたのである。すでに京極派和歌の特徴を十分にそなえている自然観照歌といえよう。

『新後撰集』は、皇統《こうとう》の対立時代に*大覚寺統《だいかくじとう》の後宇多《ごうだ》院のもとで二条為世が独撰した勅撰集であるが、*持明院統《じみよういんとう》の伏見院の中宮永福門院の歌は、歌壇の第一人者である為世の眼にとまった。二条為世の歌論は曾祖父《そうそふ》藤原定家《ていか》の晩年の「平淡美」をつぐといわれ、伝統美のある平明な表現、余情のある歌を重んじたといわれていたので、門院の自然美に着目したのであろうか。

＊大覚寺統―後嵯峨天皇の第二皇子亀山院の皇統。子の後宇多法皇が大覚寺を御所にしたことによる。後深草院の皇統である持明院統と皇位を争う。二条家は大覚寺統と結びつき、亀山院の命で為氏は『続拾遺集』を、為世は『新後撰集』・『新千載集』を撰進《せんしん》する。

＊持明院統―大覚寺統と皇位を争った後深草院の皇統。京の持明院を御所とした。

04

なほ冴《さ》ゆる嵐は雪を吹きまぜて夕ぐれ寒き春雨《はるさめ》の空

【出典】玉葉和歌集・春上・三三

春なのに寒くなってきて、なおいっそう冷え込んで強く吹く風が、今は雪をまじえて吹いている、夕暮のさむい春雨の空よ。

【詞書】春御歌の中に。

【語釈】○なほ冴《さ》ゆる―副詞「なほ」の意は、さらに。いっそう。「冴ゆる」は動詞「さゆ」の連体形。冷える、凍る。

『玉葉集』には永福門院の歌は四十九首採られているが、この中の二十首について、四季、恋、雑の入集順にそってあげていく。

一首は、うたい出しが印象的である。「なほ冴ゆる嵐」からは、春なのに冬のような雪まじりの、なおいっそう冷たく吹く「嵐」に着眼《ちゃくがん》していることがわかる。その様子は「嵐は雪を吹きまぜて」と表される。

三句末の「て」は、「吹きまぜて」のように、上句と下句をつなぐ働きとともに、動きが継続していることを表す効果をもち、時間の経過も表している。嵐はなお雪を吹きまぜて止みそうにもない。その様子を作者はひたすら見つづけているのである。

そして下句は、夕ぐれ時の「寒き春雨の空」と結んで、緊張感さえもある。「春雨」から感じられそうな温かさはなく、初句「なほ冴ゆる」からも、春とはいえまだ冬のなごりさえも感じさせる頃の詠と知られる。

門院の歌には、一日のうちの夕暮れ時の時間帯のなかで動きのある物・対象を観《み》つづけて捉え、さらに、あるままに平明な言葉によって表現しようとする特色がある。優美な歌ことばや和歌の修辞を巧《たく》みに用いて表す「花鳥風月」*の王朝和歌と異なることは明らかである。

こうした自然詠・四季歌は、永福門院のみならず、為兼《ためかね》が主導する京極派和歌のひとつの特徴である。三句末の「て」によって、継続するある状態が表現されており、これも京極派和歌の特徴を示す。『新古今集《*しんこきんしゅう》』以来増加する体言止めも京極派和歌には多用されている。

＊花鳥風月―和歌によく詠まれた春や秋を代表する自然のすばらしいもの、春の花・鳥、秋の風・月など、広く王朝の美意識を端的に表す語である。

＊新古今集―第八番目の勅撰和歌集。後鳥羽院の命で藤原定家などが撰した。

05

峰《みね》の霞《かすみ》麓《ふもと》の草のうす緑《みどり》野山をかけて春めきにけり

【出典】玉葉和歌集・春上・八四

峰にかかる春霞、ふもとの草のうすみどり。どこをとっても野山はもうすっかり春らしくなったことだ。

出典の詞書《ことばがき》によれば、門院がある時うたった百首歌から採られたものである。百首歌は、四季・恋・雑の百題百首をうたった院政《いんせい》期の堀河百首*に権威があり、古くから多くの歌人の作例がある。

一首は、春が訪《おとず》れたことの喜びをうたう。「峰の霞」と「麓の草のうす緑」という具体的なものを対比的に提示し、これらを「野山をかけて春めきにけり」と大らかに率直《そっちょく》に表現している。「春めきにけり」とは、あらためて春

【詞書】百首御歌の中に。

【語釈】○うす緑―うすい緑色。玉葉集には「うす緑」の歌が四首あるが、そのうちの二首が永福門院。他は新古今歌人の家隆と当代の京極派歌人の兼行にある。

*堀河百首―平安後期、堀河

らしくなってきたなあと思う、実感のこもった詠嘆《えいたん》である。
和歌では、春の訪れを野山の「霞」によって表現することが伝統的に多い。「早春霞」なる題の*門院の歌も『玉葉集』に見える。この「峰の霞」の歌では、峰にかかる霞というありふれたもの、だれもが思い描くものに対して「麓の草のうす緑」という、和歌にはあまり詠まれないような物をあえて取り上げて配している。これが「峰の霞」をきわだたせているのである。古《こ》歌《か》の世界からの発想ではおそらく思いつかないような新鮮な素材に着目していく。

ここには、高・低、遠・近という対比があり、さらにそれらを包み込むような「野山をかけて」春の訪れが眼前に広がる様子が歌われている。これは世の中全体が大らかにながめられているさまでもある。

このような対比的表現や字余《じあま》りは、京極派和歌の特徴でもあるが、門院の歌の初句の「峰の霞」という字余りのゆったりとした調子が、明るい日差《ひざ》しや温かい風を想像させ、春の到来《とうらい》を喜ぶ一首をつむぎ出している。

なお、この歌は『*永福門院百番御自歌合《おんじかあわせ》』三番左でもある。

天皇が召した百題百首の定数歌。

*門院の歌―峰の雪谷の氷もとけなくに都の方は霞たなびく（玉葉集・春上・二二）。

*永福門院百番御自歌合―自撰、他撰の両説があり、成立時も未詳。ただ家集のない永福門院の歌としては勅撰集や歌合等に未見のものも多いので、資料的な価値も大きい。以下、『百番御自歌合』と略記する。

06

木々の心花近《ちか》からし昨日今日《きのふけふ》世はうすぐもり春雨のふる

【出典】玉葉和歌集・春上・一三二

木々の気持ちではどうやら花が咲くのは近いらしい。昨日今日の世間一帯の陽気はうすぐもりで静かに春雨がふっている。

春歌《はるうた》にはまず花、桜というほどに、王朝以来、花を待ち、花を愛《め》でる心は数多く詠まれてきた。その伝統のなかで、門院も「花の歌」を詠む。まず、木々を擬人化して「木々の心」と歌いだす。木々の気持ちにまで寄りそって「花近からし」と見つめる作者は、その根拠として下句に花の咲くころに多い昨今の「うすぐもり」や「春雨」をあげる。上句と下句は倒置《とうち》の関係にもなっている。つまり、花が今にも咲きそうだと見つめているのであ

【詞書】花の歌よみ侍りける中に。

【語釈】○木々の心―木々は、開花させようと思っているらしいと擬人化する。○近からし―近くあるらし、近いらしいの意。○世―世間。あたり一帯。

る。

とはいえ、開花直前の花やつぼみを細かく描写し、説明するわけではない。全体の気分、つまり「世」の様子を歌うことに中心があるといえよう。「木々の心花近からし」の一・二句では、字余りや連続するキ音やカ音が声調の滞《とどこお》りを感じさせるが、和歌の表現としてはきわめて斬新《ざんしん》である。また「昨日今日」、「うすぐもり春雨」のように、ものの名を並び置く。説明的になるのをためらわず、調子をととのえつつ、感じたものを率直にうたっている。

一首の内容としては、花の咲くのを待ちこがれている点に中心がある。この門院の歌は『玉葉集』春上の末部に、西行の花を待つ心をうたう二首*につづいて配されている。

この歌は門院の『百番御自歌合』*三番右にもあり、結句は「春雨ぞふる」となっている。係助詞・強意の「ぞ」を使うと「春雨」が取り立てて強調される。『玉葉集』のこの歌の「春雨のふる」の方が、花ぐもりのなかのやわらかい春雨の感じをよく表わしているであろう。

*二首―「山さむみ花咲くべくもなかりけりあまりかねても尋ね来にける」(一三一)、「おぼつかないづれの山の峰よりか待たるる花の咲きはじむらん」(一三二)。

*百番御自歌合―05参照。

07

山もとの鳥の声声《こゑごゑ》明けそめて花もむらむら色ぞみえゆく

【出典】玉葉和歌集・春下・一九六

山のふもとの鳥たちがあちこちでさえずり出す。そして夜が明けはじめていき、あたりの花もあちらこちらに咲いて、色がだんだんはっきり見えていく。

この歌は、「曙の花《あけぼの》」という題に即して詠まれたものである。清少納言《*せいしょうなごん》の『枕草子《まくらのそうし》』があげる「春はあけぼの*」と同じ発想の題であるが、春歌では古くから詠まれている主題である。門院の歌は、視覚・聴覚を生かした臨場感あふれる自然詠といえる。

一首は、山の麓《ふもと》の鳥たちのさえずりが耳に入り、夜も明けてきて明るい日差しを受ける桜の花の色が、はっきりと目にうつる、というのである。あた

【詞書】曙花を。

【語釈】○むらむら―あちこちに群がっているようす。

*清少納言―平安中期の一条天皇の中宮定子に仕えた女房。『枕草子』の作者。

*春はあけぼの―平安時代の随筆『枕草子』の章段の中

かも山里住いに身を置いて目前の景を写生したような具体性がある。この歌全体では「山もとの鳥」（聴覚）と「明けそめて」（視覚）が呼応《こおう》し、視覚はさらに「花もむらむら色ぞ」と焦点化されていく。

「むらむら」は、和歌では『古今和歌集』*以来詠まれているが、京極派和歌に特に好まれたようだ。あちらこちらに群《むら》がっている様子を表す語であり、「鳥の声声」に対して「花もむらむら」と呼応する。そして係結《かかりむす》びを生かして、花の「色」を印象的に示している。

花の美しさを、あけぼのの刻々と明るくなる時間の推移のなかで捉えていく。このような薄明《はくめい》の時間帯や、夕暮れ時の刻々と変わる情景を好んでうたうのは京極派和歌の特徴である。『玉葉集』では、門院の「曙の花」の題のもとに、従三位《じゆさんみ》為子*、従三位親子《ちかこ》の歌が配されている。ともに京極派の女流歌人である。

なお二句の「鳥の声声」については、流布本は「鳥の声より」とする。この場合は、夜明けが鳥のさえずりから始まるという意味となり、「鳥の声声」よりも説明的になってしまうであろう。

に、「春は曙」を愛でる一節がある。「あけぼの」は、「暁」よりも明るくなった頃。

＊古今和歌集―最初の勅撰和歌集。十世紀の初め、醍醐天皇の延喜年間に紀貫之などが撰進する。その後の和歌の規範ともなり、大きな影響をもつ。

＊為子―01に既出。

08

入相《いりあひ》の声する山の蔭《かげ》くれて花の木《こ》の間《ま》に月出《い》でにけり

【出典】玉葉和歌集・春下・二一三

寺でつく入相の鐘の音が聞こえて来て山々は暮れていく、そしていま愛でている桜の木の間に月が出てきたことだ。

【詞書】題しらず。

【語釈】○入相の声―入相の鐘の音。○山の蔭―山蔭。山にいだかれた所。○花の木の間《こま》―花の木のあいだ。枝いっぱいに咲いた桜の花の間。

この歌の場合、暮色《ぼしょく》につつまれてゆく山里の一角《いっかく》に作者がいるようである。近くには入相の鐘の音をならすお寺が―鐘楼《しょうろう》のある古刹《こさつ》・大寺などがあるのだろう。鐘の音が静けさを感じさせる。この「入相」は、夕暮れにつく鐘のことである。鐘の後には夕時の修行もはじまる。

そんな春の夕暮れに、しばらく花を愛《め》でているうちに、気がつくと桜の木の間に月が出てきたのだ、というのである。

月光とともに花の色がますます映えてくる感動が素直に表現されている。「山の蔭くれて」のなかに時間の推移が表されているが、それとともにさらに「月出でにけり」という月の動きも詠みこまれている。叙景が大半の歌であるが、結句の「けり」に詠嘆がこめられている。

木の間越しの月のひかりは、古来風情あるものとして愛されている。特に秋の月のひかりは『古今集』の「読み人しらず」の名歌「木の間よりもりくる月の影みれば心づくしの秋はきにけり」以来、多くの歌人にうたい続けられているが、門院の歌では、春の、夕暮とともに出て来る満月が、花の木の間に取り合わされ、月と花という遠・近の対比は、さらに入相の鐘を背後にひびかせ、花とともに月をも愛でるという風情をうたう。花と月が、春の宵のすばらしさを十二分に表している。

詞書の「題しらず」とは、作歌事情が不詳ということである。題詠かどうかも不明であるが、『玉葉集《ぎょくようしゅう》』の配列では、この歌は「春夜」と「春月」の題の間にはさまれており、主題としては確かに春の夜の月となる。

なお、この歌は門院の『百番御自歌合《ひゃくばんおんじかあわせ》』四番右にもある。

09

うすみどりまじる楝《あふち》の花みれば面影《おもかげ》にたつ春の藤波《ふぢなみ》

【出典】玉葉和歌集・夏・三〇一

うす緑の若葉の中にまじる紫色の楝の花を見ると、今はなつかしく思い出されるあの春の藤の花よ。

一首は、「うすみどり」の若葉の色の中に、楝《おうち》の花の紫色を見出し、それを見つめていると、心の中に春のうつくしい藤の花が風に揺られているように思い出される、というのである。

色の対照がさわやかである。門院の好む「うすみどり」の語を初句に出し目前の光景から導かれて回想するけしきは、季節をさかのぼり、春の季節を懐《なつ》かしむ。心静かに、落ち着いた雰囲気《ふんいき》も感じられよう。初句から詠みつづ

【詞書】夏御歌の中に。

【語釈】○うすみどり―薄緑の色。05の「みねの霞」の歌に既出。○面影―心に思い出される姿。○藤波―藤の花房が風に揺られてうねりなびく形を波に見立てていう語。単に藤の花のこと

くにつれて、薄緑・楝・藤の花などの形や色が、心に映り重なり合っていく。

夏歌では、橘《たちばな》の花や時鳥《ほととぎす》などがよく詠まれているが、この夏歌では楝に着目している。楝は梅檀《せんだん》の古名。夏には淡い紫色または白色の花を房状につける。この「楝の花」のことを清少納言は「木《き》の様《さま》にくげなれど、あふちの花、いとをかし。」（枕草子）木の姿はみにくい感じがするけれども、おうちの花はとても趣《おもむ》きがあると記し、関心をよせている。

王朝以来の美意識は、宮廷女性の夏の衣裳の襲《かさね》*の色目としての「あふち」（表が薄紫、裏が青）にも集約されているので、門院の歌に詠まれる「あふち」からは、夏の花とともに、貴族社会の生活を色どる涼しげな色も髣髴《ほうふつ》とされる。

この「あふち」の紫の花から連想されている「藤」は、春の終わりから初夏に、花房《はなぶさ》が垂れ下がって紫色の花をつける。華やかな宮廷生活や季節感を表すものとして、こちらもよく歌に詠まれている。

にも用いられる。

*襲の色目―平安時代の衣服を重ねて着るときの配色上のきまり。

10

風にきき雲にながむる夕暮の秋のうれへぞ堪《た》へずなり行く

【出典】玉葉和歌集・秋上・四八五

風に耳をすまし、空の雲に目をやってはながめている夕暮の、しかも秋の夕暮のかなしさは何にもましてあはれで、それにはこらえきれなくなってゆくよ。

「秋夕」という題を詠むが、作者の思いであるこの「秋のうれへ」は深く、みずからの体験に裏打ちされている歌だと思われる。

まず上句は、風の音を聞き、夏とは違う秋の雲を眺むる「夕暮の秋」と歌い出す。ここから「秋のあはれ」に関連する何かがよまれると想像されるのだが、この歌では、多くの和歌にうたわれてきた「秋のあはれ」にはおさまり切れない「秋のうれへ」を出し、その思いに自分自身が堪《た》え切れずになっ

【詞書】秋夕を。

【語釈】○うれへ―悲しみ。悲哀。「うれふ」の名詞化で「憂へ」「愁へ」とも書く。心中の嘆きをもらす意が原義。○たへず成り行く―心で支えきれずになっていく。

ていくとうたう。

三句末から四句にかけての「夕暮の秋のうれへ」という表現は、「秋の夕暮のうれへ」と語順をかえると、意味は分かりやすい。しかしこれではあまりにも説明的で散文的となり、歌の表現としては、一首のこころを表しきれていまい。一首は上句の情景を受けて、その中でこみ上げる「秋のうれへ」を見つめているのである。作者は心の中に深い悩み・心配を抱えている。

「秋のうれへ」が何かは不明だが、この表現は、作者の感性によるものであり、言葉の背後にある作者の哀《かな》しみは深いであろう。「晩秋のものわびしい感傷」ととる見解もあるが、『玉葉集』の配列では「秋上」の巻であり、晩秋の歌にはあたらないであろう。門院は繰り返しこうした「秋のうれへ」をうたう。

この歌と同想と思われる歌が『玉葉集』（雑一・一九五二）にある。

物ごとにうれへに洩るる色もなしすべて憂き世を秋の夕暮

大意は、眼にする物ごとにうれへを感じさせる。何もかもすべてつらいこの世をあきはてている秋の夕暮れよ。「秋」には「飽《あ》き」が掛けられている。雑歌で「題しらず」として配列されており、門院の日常詠の一つと思われる。

11

しほりつる風は籬《まがき》にしづまりて小萩《こはぎ》がうへに雨そそくなり

【出典】玉葉和歌集・秋上・五〇九

何もかもなびき伏している強い風は、ようやく籬《まがき》のあたりでも静かになり、庭先でなびいていた萩の小枝の上に、今は雨がふりそそいでいる。

【詞書】風後草花といふ事をよませ給うける。

【語釈】○しほり―「しをり」に同じ。しぼませる、たわませる意。○籬《まがき》―柴や竹などで粗く編んだ垣根のこと。

庭前の景を長い間ながめ、外の様子に耳を傾《かたむ》け続けている中から生まれた歌であろう。

風や小萩から、秋の歌とわかる。風の動きの変化を、「しほりつる」から「しづまりて」と表現していく。そして、風の静まった後の雨を「そそく」と表して、視点は「小萩」に焦点化されていく。

風の動きと雨の降るさまを通して、時間の推移も描かれている。微細なものに注目し、感じとったことを生かして言葉にしようとする京極派和歌に多い自然観照歌の特徴がよく出ている歌である。

「風の後の草花」という題詠であるが、日常から取材した表現と思われる。屋内から外の光景を気遣《きづか》う作者は、「しほりつる風」に「小萩」の細い枝がなびくさまを想って不安を感じつつも、風の静まったあとの小萩にふりかかる雨音には、安堵《あんど》の気持ちも感じているようである。風の動きは心の動きにも通う。強い風への不安は、後に安心へと変わっていく。

門院はこの題「風後草花」の中の「風」を強風の「しほりつる風」と解《かい》してうたう。『玉葉集』には同じ題の新院*御製もあり、永福門院と並び置かれているが、後伏見院は「風」を「野分《のわき》*」と解して歌う。

よもすがら野分の風の跡みればうれふす萩に花ぞまれなる　（五〇八）

夜通し吹いた暴風の跡をみると、木末《こずえ》が横倒しの萩に残っている花はまれであるという意。荒々しい野分の後の萩の様子が写実的にうたわれている。

なお、門院の歌の「しほり」は「しをり」に同じである。京極派の和歌では、「しほり」の表記の用例が「しをり」の例よりも多い。

＊新院―後伏見院のこと。伏見院の次の天皇。永福門院の猶子《ゆうし》である。

＊野分―秋に吹き荒れる暴風。

12

空清《きよ》く月さしのぼる山の端《は》にとまりて消ゆる雲の一群《ひとむら》

【出典】玉葉和歌集・秋下・六四三

空は清らかに澄みきり、月が今しもさし昇る山の端に、一瞬止まっては消えてゆく雲の一群れよ。

【詞書】月三十首御歌の中に。

【語釈】○月三十首御歌―未詳。月の題で三十首詠んだもの。○雲の一群―雲のひと塊り。

遠くの山からは月がさし昇り、山の端にかかっている。このような山の端の月を愛でるというのは、古くから繰り返し題材とされているが、門院の歌は、月の出る山の端に一群の雲を配するという清新な景となる。しかも月が、くもりのない清らかな空に出てくるので、ひときわ雲が対照的となる。山のふもとからの視線は山の端に集中され、月とともに山の端にとまっては消えてゆく雲も見つめている。

上句に提示された山の端の月から、「雲の一群」へと視点を移動し、感動は月と雲と重なっていく。「月さしのぼる」「とまりて消ゆる雲の一群」という動きに見入っている門院の歌は、月と雲の対比はもとより、対象の動的把握《はあく》という京極派和歌の特徴をよく表わす自然詠だといえる。

この歌は詞書に「月三十首」とあるように月をさまざまによむ題詠で、秋の夕景としての月をよんでいるが、日頃の体験が生かされた、題詠とは感じさせぬ歌ともいえよう。全体的に静かで、落ち着いていて、月を見やる作者のこころは、月下にただ独り居るのをかみしめているようである。

なお門院は「月五十首」も詠んでいる。その中の一首が『玉葉集』秋下にある。

秋風は軒端の松をしをる夜に月は雲居をのどかにぞ行く（六七七）

秋風は軒端の松をたわませて吹く夜に、月は天空をのどかにゆっくり移って行くよ、というほどの意。

上句と下句の、*松籟《しようらい》と雲居《くもい》の月という、対照の面白さがある。

*松籟―松に吹きつけて立てる風の音のこと。

13

河千鳥《かはちどり》月夜を寒み寝《い》ねずあれや寝覚《ねざ》むるごとに声の聞ゆる

【出典】玉葉和歌集・冬・九二四

河千鳥よ、冬の月夜が寒いから寝ないのであろうか、わたしが寝覚めるたびごとに、遠くから声が聞えているよ。

深夜、寝覚めるごとに遠くから聞こえる河千鳥の鳴く声に耳をすますという場面をうたう。寝ようとしていても寝つかれない冬の一夜である。

初句は「河千鳥」への呼びかけであろう。二、三句は冬の月夜が寒いから寝ずにいるのか、というやや理に堕《お》ちた感がある。「寝《い》ねずあれや」の「や」は疑問であり、詠嘆の気分もあろう。四、五句は初句の「河千鳥」と対応し、夜の河千鳥の声に感じ入っている作者の様子がうかがわれる。

【詞書】題しらず。

【語釈】○河千鳥―川辺にいる千鳥。海辺の「浜千鳥」に対する。○月夜を寒み―月夜が寒いから。「〜を〜み」は「〜が〜なので」という原因・理由を表す。

冬のすみきった月夜は冷え込みもきびしい。寒いから寝られずにいるのだろうかと、河千鳥の鳴き声に想いをはせている。ここでは、自分が寝覚めるたびに聞える河千鳥の声と、自分とが重なり合っている。千鳥の夜鳴きを聞いては千鳥の身の上を想う作者は、何かうれえをかかえているのであろうか。

和歌の伝統では「寝覚め」とあれば直ちに恋の思いが原因の「寝覚め」が想起《そうき》されるところであるが、門院のこの歌からは、恋の気分は背後におしやられている。一首は目ざめるごとに聞える河千鳥の鳴く声を通して、冬の寒さ、寂《さび》しさをうたう冬歌であって、恋歌ではあるまい。

題材としての千鳥は、*『万葉集《まんようしゆう》』以来、川の千鳥が多く詠まれ、季節も冬に限られている。『玉葉集』には千鳥の歌群十八首があり、その中に『万葉集』巻七からとられた歌もある。題しらず・読み人しらずである。

佐保川にあそぶ千鳥のさ夜ふけてその声きけばい寝られなくに　（九二三）

千鳥で有名な大和の佐保川《さほ》にあそぶ千鳥の、夜もふけて鳴く声をきくと、寝ようとしても寝られない、という意。

「河千鳥」の門院の歌は、この万葉の歌の直後に置かれている。

＊万葉集―現存する最古の歌集。長歌・短歌など、さまざまな階層の古代人の歌約四千五百首を収める。

14

月かげは森の梢《こずゑ》にかたぶきて薄《うす》雪白し有明《ありあけ》の庭

【出典】玉葉和歌集・冬・九九七

月のひかりは森の梢にかかるようにすっかり傾いて、いつの間にか雪がうっすらと積もって白い、夜が明けるころの庭は。

【詞書】冬御歌の中に。

【語釈】○有明の庭—有明のころの庭。「ありあけ」は残月のある夜明けごろ。

冬の月影と庭のうす雪を描《えが》くが、寒さとともにすがすがしさも感じられる歌である。

初句の「月かげ」は、結句「有明」にも響いているであろう。夜が明けるころの、あり明けの月のひかりは、暁《あかつき》の薄明の中の寒々しく冷え冷えとした感じと呼応《こおう》している。そして、四句切れの「薄雪白し」は、雪のもつ白さ、すがすがしさをよく表している。

庭は、うす雪で白く覆《おお》われているとともに、有明の月を映しているので清浄感も感じられる。そして、月影が「かたぶきて」の表現から、刻々《こくこく》と時間が経過していることがよく示されている。

歌の要素として、月と庭や、天空と地上との対比、動的対象、時間の推移の把握などという京極派和歌の特徴があるが、なにより、冬の月影と庭のうす雪の白さに着目《ちゃくもく》して一首を詠む姿勢に、作者永福門院の個性が出ている。『玉葉集』では、この歌の直前に明恵上人《みょうえしょうにん》の詠がある。長い詞書から、山中で坐禅行《ざぜんぎょう》をしていた時の体験にもとづいた歌とわかる。

雲を出《い》でて我にともなふ冬の月風や身にしむ雪やつめたき　（九九六）

雲を出てはわたしと一緒に空をわたる冬の月よ、風は身にしむままに雪も冷たくふっている、という意。明恵上人は、鎌倉時代に京都栂尾《とがのお》の高山寺《こうざんじ》を中興《ちゅうこう》した華厳宗《けごんしゅう》の高僧。歌もよくし、定家撰『新勅撰集《しんちょくせん》』には五首入集する。心に思う事はそのままに詠む態度を貫いているので、上人の言葉は為兼の歌論の拠《よ》り所《どころ》として『為兼卿和歌抄』に引かれている。上人の歌は『玉葉集』では『新勅撰集』よりも多く十首入集する。

門院の歌も、冬の月かげが傾くのを見つづけた中で生まれている。

15

音せぬが嬉《うれ》しき折《をり》もありけるよ頼み定めて後《のち》の夕暮

【出典】玉葉和歌集・恋二・一三八二

便りをしてこないのが(便りのあるのとはまた別に)うれしい時もあることよ。あの人のことを頼みときめた後の夕暮れ時は。

【詞書】待恋の心を。

【語釈】○音―おとずれ。音信。

『玉葉集』の恋歌五巻より、門院の歌四首をとりあげる。

古典に登場する男女の恋は、男が女のもとに通《かよ》うことで成り立った。しかも男は他の女とも交際していることが多い。結婚は「妻問《つまど》い」ともいわれる。つまり、女はひたすら男を待つ身であった。男からの便りや文《ふみ》は、歌であることが多い。

この歌は、女が、恋仲の男からの便りがないことをうれしいと思う時もあるよ、という一瞬の心のはずむ様子を詠む。夕暮れ時に男が女のもとへ通うのだが、下句の「頼み定めて後の夕暮」からは、待つ身の苦しさは感じられなく、二人の恋はかなり進んでいる状態かと思われる。相手を信じているゆえに便りがないのがうれしく思えるのである。これは、「待恋の心」という題詠から考えると、従来の歌にはあまりみられない恋心を詠んでいる。

門院の歌は、言葉は平明で、題の心を積極的に生かしている。そして女の心の機微《きび》にふれる、男女の新しい恋のあり方も見える。恋愛心理の複雑なさまを、そのまま言葉にしようとしているのは、京極派和歌の恋歌の特徴の一つでもあった。門院のこの歌は『玉葉集』では伏見院、為兼の待恋の歌につづいて配される。

なお、門院には、この歌とは逆の、人の訪れがないのが分かっている時の心理を詠む歌も『玉葉集』(一四〇七)にある。

たのめねば人やはうきと思ひなせど今宵もつひにまた明けにけり

あの人は必ず来ると約束してないのだから、あの人が薄情なのか、いや違うと、思いこむけれど、今宵《こよい》もついにまた明けてしまった、という意。

相手と自分の、それぞれの側から心をうたうのは、門院の恋歌に多い。

16

常よりもあはれなりつる名残《なごり》しも辛《つら》き方《かた》さへ今日《けふ》は添《そ》ひぬる

【出典】玉葉和歌集・恋二・一四五八

いつもよりも、あの人が思いをかけてくれた、その名残がつよくて、かえって恨めしい方の思いまでも今日は加わってしまったことだ。

【詞書】題しらず。

【語釈】○名残―人との別れの後になおも心に残るもの。面影。

一首は、男女が共寝をした翌朝の後朝《きぬぎぬ》の別れのあとの心境を歌う。「題しらず」とあるが、「あはれ」「名残」「今日」などの語から後朝の恋にかかわることがわかる。

なにかとつれない人が、いつもよりも情《なさ》けをかけてくれた逢瀬《おうせ》の名残にひたっている。すると、かえってあの人が恋しくなり、常よりも情けをかけてくれなければよいのに、という恨《うら》み言《ごと》をいいたくなる気持ちにもなる、というのである。

三句の「名残しも」の「しも」は強調である。すなわち、あの人との逢瀬と別れの後になお残る心が強くある。ゆえに四句の「つらきかたさへ」という気持ちにもなる。「さへ」は添加《てんか》の意なので、相手への恨めしい方の思いまでも出てきたというわけである。

さらに結句に「今日は添ひぬる」とあるので、初句の「常よりも」と対応する。「今日」は、逢瀬と別れの名残にひたり、恋しい人の面影《おもかげ》を求めているいつもとは違う日なのである。

こうした恋愛心理そのものを歌っていくのが、京極派和歌の恋歌である。なお初句に同じ「常よりも」を置いた門院の歌がもう一首、『玉葉集』の恋歌（一四七二）にある。題は「寄雨恋」である。


常よりも涙かきくらすをりしもあれ草木をみるも雨の夕暮

これは恋愛の心理分析的傾向の歌とは異なる。上句の字余りには、門院らしさがみられるが、題にふさわしい上句の「情」と下句の「景」とがひびき合い、恋に涙する心をうたう。王朝の恋歌のようである。

17

玉章《たまづさ》にただ一筆《ひとふで》とむかへども思ふ心をとどめかねぬる

【出典】玉葉和歌集・恋三・一五三四

あの人への手紙に、ほんのただ一言だけ書こうとしたのだけれど、あの人を思う心を止めることは出来ないで、次から次へと思いを書きつづってしまったことよ。

「書に寄せる恋」という題をうたう。「書」は手紙の意で、文《ふみ》・便りと同意といえる。

一首は恋の思いを、ただ一言だけでも書きとめて便《たよ》りをしたいと思ったものの、いざ筆をとると、とめどなくあふれる思いを止めようもない、というのである。恋をしている、その真っただ中をうたった恋歌《こいうた》か。

手紙を書こうとして、「ただ一筆」というのは、かえって何やら事情があ

【詞書】寄書恋をよませ給うける。

【語釈】○玉章《たまづさ》―手紙。消息。○ただ一筆―ただ一言だけ（自分の気持を暗示しよう）。

りそうである。いろいろ訴えたいことがありそうにもみえる。しかし、特にそれと事情は限定していない。とはいえ、自分は意《い》を決して文をしたためようとするが、自分の心は思うようにもならない。下句のように、あふれる思いを次々と書き綴《つづ》るのである。

この歌には、こういう行為をした自分を眺《なが》めている、もう一人別の自分がいるようである。「寄書恋」という題詠《だいえい》によって、恋する人への思い、熱さと冷静さを的確にうたい出したといえる。

題「寄書恋」は寄《よ》せ物題《ものだい》といわれる。寄せる物には、月や海、煙・雨・風・川・木・鳥・獣・蛍・夢などがあり、これらに寄せて恋の歌を詠《よ》むのである。こういう作歌法は『万葉集』にある「寄物陳思《きぶつちんし》」（物に寄せて思いを陳《の》ぶ）にまで遡《さかのぼ》る和歌の伝統ともいえる。

出典の『玉葉集』では、門院の次には従三位為子《ためこ》*の歌がある。

物思へばはかなき筆のすさびにも心に似たることぞ書かるる

恋しい人のことを思うと、ちょっとした筆の慰《なぐさ》みでも本音《ほんね》に似《に》たことを自《おの》ずと書いてしまっている、という意。

「恋の歌とて」と詞書にあるが、内容的には門院の歌同様に「寄書恋」である。

*従三位為子――01に既出。

18

人や変《かは》るわが心にや頼《たの》みまさるはかなきこともただ常に憂《う》き

【出典】玉葉和歌集・恋四・一六七三

あの人の心が変ったのだろうか。あるいは自分の心の中に人を頼みとする心が大きくなったのであろうか。ほんのささいな事も、ただ何時もつらく思われるよ。

この歌は、恋が進行し、相手を思う自分の心になんとも微妙なものが生まれてきた頃の思いをうたうようである。初句《しょく》「人や変る」から、恋仲《こいなか》の二人の対照的な内面が並列的に表現されていく。二人の気持ちは果たしてどうなっているのだろうか。

上句の「人や変る」と「わが心にや頼みまさる」とは、いずれも字余《じあま》りで、まつわりつくような声調だが、恋人と自分を対比しながら、互《たが》いの心が

【詞書】恋の歌の中に。

【語釈】○人や変る―人が変ったのか、いやちがう。「や」は反語の意。○頼み―全面的に信頼して相手の意のままに任せる意で、男が女にたのみに思わせる例が多い。「たよる」は、手

どうであったのかを、反語《はんご》「や」を繰り返し用いながら捉えようとしている。果たしてあの人が変ったのであろうか、この頃の自分は以前にもまして恋人を頼みとする気持ちが勝《まさ》っているのに、と。あの人の態度を疑問に感じている心境であろう。

そして、下句では、「はかなきこともただ常に憂き」と結ぶ。些細《ささい》なことにも自分はつらく恨めしくも思われる、というのである。相手が自分に対してみせる、今までは意識しなかったようなつまらないこと一つ一つに対して、相手への恨み言になっている。相手は微妙に変わってきたので、何かと一つ一つが気になりだしたのである。あの人と自分との心のすれちがいを分析的にみつめる。

このように、互いの心の動きを推《お》し量《はか》り追及《ついきゅう》しながら、これらをしっかり捉えて描こうとしている。恋の心にひたりきって情《じょう》に流されることはない、いわば恋愛観照あるいは恋愛心理の分析的な傾向といえる。これは京《きょう》極《ごく》派《は》和歌の恋歌の特徴でもある。門院の歌はその代表といえよう。

ずるや手がかりによって相手にすがる意。

19

見るままに山は消え行く雨雲《あまぐも》のかかりもらせる槙《まき》の一本《ひともと》

【出典】玉葉和歌集・雑二・二一五二

遠くの山を見ていると、みるみるうちに山は視界から消え雨雲がかかってくる、だが雨雲がかからずに取り残した槙の木の一本が見えるよ。

【詞書】雑歌の中に。

【語釈】○かかりもらせる―流布本では「かかりもしける」とある。『玉葉集』の本文研究の結果に従い「かかりもらせる」とする。
○槙の一本―一本の槙の木。「槙」は杉や檜、松な

『玉葉集』の雑歌《ぞうか》五巻より以下、門院の歌四首をあげる。

門院は、山にかかる雨雲の速《はや》い流れを追い続けながら、その雨雲にもかかわらずにどっしりとした一本の槙の木を見すえて詠む。「雨雲のかかりもらせる槙の一本」とあるのは、日ごろから目にしている樹木を念頭《ねんとう》にした光景《こうけい》と考えられよう。

いつどこで眼にした光景かは定かではない。ましてや眼をやる方角なども

明らかではない。しかし門院の居《い》る場所を中心にして、ふと眼にした山の連《つら》なりが雨雲にかき消される様子を追っていく姿勢は確かである。

　動的な雨雲と静的な山、槙の木という対照的なものを捉えていきながら、こうした自然観照の成果《せいか》を、上句から下句へと流れるような表現に生かして、結句「槙の一本」の体言止《たいげんど》めに集約していく。雨雲を追いつづける作者の目によって、槙の一本が存在感のあるものとして描かれていて、墨の濃淡《のうたん》を生かす一幅《いっぷく》の絵画のようだ。

　時間の経過とともに、すばやく移り行く天象を捉え、修辞《しゅうじ》も特になく、平明、率直にうたう。遠景の山と近景の槙の木を対比して、見るままに描いている写生的な点にも、京極派の自然詠の特徴がよく出ている。

　なお『玉葉集』の部立《ぶだて》には、四季・賀・旅・恋・釈教・神祇があり、そして雑歌がある。雑歌は、日常的な述懐《じゅっかい》やさまざまな題詠、贈答歌、さらには出家や死を弔《とむら》う哀傷歌《あいしょうか》を集める。

　門院の雑歌には明らかに四季をうたうものとは別の、日常的な述懐と思われる秀歌が多い。

どの常緑樹の総称。

20

くらき夜《よ》の山松風《やままつかぜ》はさわげども梢《こずゑ》の空に星ぞのどけき

【出典】玉葉和歌集・雑二・二一六〇

夜もふけて暗く、山松風は音を立て揺れ動いているけれども、梢の先の空には、星が静かに光っていることよ。

【詞書】夜の心を。

【語釈】○のどけき―「のどけし」の連体形。

暗い夜空に輝く星、という美しい光景を詠む。星空が美しい季節は秋か冬か。

山・松風や梢は、門院が繰り返し取り上げた題材である。ここでも梢の先の空にある天体という構図であり、絵画的といってもよい。

この近景《きんけい》と遠景《えんけい》とともに、山松風の音の騒がしさに対して、天空の星ののどけきさまが強調される。山松風と空の星は、地上と天上のものであり、いうまでもなく対比的に扱《あつか》われている。

天空の星の美しさに気づいた門院は、地上の騒がしさと天上ののどけさ、静けさとを同時に感じて、星に見入っているのである。しばしの時間が流れている。

ところで、星の美しさを好んで詠んだ女流歌人に*建礼門院《けんれいもんいん》右京大夫《うきょうのだいぶ》がいる。『玉葉集』では右京大夫の歌は評価されて十首が入る。この門院の歌の直前に、右京大夫の次の歌が置かれている。

闇なる夜、星の光ことにあざやかにて、晴れたる空ははなの色なるが、今宵見そめたる心地していとおもしろく覚えければ

月をこそながめなれしか星の夜の深きあはれを今宵《こよひ》知りぬる　（二一五九）

月をしみじみとながめることは数えきれずにしてきたが、美しい星月夜のすばらしさは今宵はじめて知りました、という意。

「星の夜の深きあはれ」という星の美を発見した右京大夫と、「夜の心」に欠かせない星の美を自覚した永福門院と、それぞれの感じ方がみえるようである。『玉葉集』の撰者為兼《ためかね》の配列の妙もある。

＊建礼門院右京大夫―源平の戦いの中、安徳天皇の生母建礼門院徳子に仕えた。家集『建礼門院右京大夫集』がある。

21

明かしかね窓くらき夜《よ》の雨の音に寝覚《ねざ》めの心いくしほれしつ

【出典】玉葉和歌集・雑二・二一七一

夜を明かしかねていて、ふと目覚めるとまだ窓も暗い夜に、雨の音がつづく、寝覚めのたびにいく度となく悲しみに沈んだことだろうか。

【詞書】夜雨を。

【語釈】○寝覚め―眠りから、ふと覚めること。○いくしほれしつ―幾度となく悲しみに沈んだことだろうかの意。「しほれ」は、悲しみにしずむ意の「しほる」の名詞化。

詞書に「夜の雨を」とあるが、題詠というよりか、日常の一場面を切り取ってうたったような歌にみえる。

一首は目を覚ましても、まだ夜も明けずに暗く、雨の音ばかりが耳に残り、あれこれと心を動かし、悲しみに沈むという心情をうたう。

門院は初句「明かしかね」の中に一首全体のこころを暗示《あんじ》し、下句《しものく》ではその事情をより明らかにするという歌い方によって、「いくしほれしつ」と、自分の心の悩みを訴えかける。

和歌の世界では、恋の思いからの「寝覚め」が多く歌われてきた。この歌では「窓くらき夜の雨の音に寝覚め」とあって、「寝覚め」のきっかけが直接的には「夜の雨の音」とされているが、このように「窓」を和歌にうたうのは漢詩の影響によるといわれている。特に「窓くらき夜の雨の音」は、白楽天*の漢詩をふまえていると考えられている。

『玉葉集』の撰者為兼は「夜雨」の題をふまえた雑歌としてこの歌を採《と》る。寝覚めては涙にぬれ、何度もうれいに沈み悲しむ心をうたう点を評価しているのであろう。恋歌とは限定していないであろう。

なお、この歌と似たような発想の門院の歌に『百番御自歌合』八十八番左の一首がある。


　聞きしほるねざめの窓は夜ふかくて槙の葉くらき暁の雨

雨の音を聞いては袖をぬらす寝覚めの窓は、まだ夜が深くて、槙の葉はくらく暁《あかつき》の雨が降っていることだ、という意。

「寝覚め・窓・夜・雨」等を生かして、沈潜《ちんせん》した悲しみを繰り返しうたう。

＊白楽天の漢詩―平安時代の『和漢朗詠集』に引かれて有名となる「耿々《こうこう》たる残んの燈の壁に背けたる影　蕭々たる暗き雨の窓を打つ音」（「上陽白髪人」）。白楽天は白居易のこと。中国唐代の詩人。その詩文集『白氏文集《もんじゅう》』は、日本の古典に大きな影響を与えている。

22

山風の吹きわたるかと聞くほどに檜原《ひばら》に雨のかかるなりけり

【出典】玉葉和歌集・雑二・二一七二

山風が吹き過ぎて行くのかな、と聞いているうちに、いつしか檜原に雨が降りかかっている音であったよ。

【詞書】山中雨といへることを。

【語釈】○吹きわたるかと―吹き過ぎて行くのかしらと。○きくほどに―聞いているうちに。

『玉葉集』では前歌21につづく歌。題が「山中の雨」とあるので山中の檜原の雨を想う。京の御所から離れた郊外の山荘に身を置いて発想しているようである。

檜原は檜が生い茂っている原のことである。既に『万葉集』にみえ、主に三輪《みわ》、初瀬《はつせ》、巻向《まきむく》などの地が歌に詠まれているが、『玉葉集』の頃になると、普通名詞の用例が目立ってくる。

上句《かみのく》では、山風の吹く音も檜原の音も、耳で感じ聞いているものを提示し、おのずと時間的な推移を表していく。そして結句《けっく》の「なりけり」によって、雨が降りかかっているのであったよ、という発見、あらためて気づいたという驚きを表現する。このような「なりけり」は、和歌や物語に多く用いられている。

檜原に降る雨音に、はっと気づくとなれば、この雨は静かに降る雨ではあるまい。松の嵐ならぬ檜原の嵐である。門院は夜半《やはん》のはげしい音に聞き入っている。上句の、風が吹きわたる音に、なにか不安・嫌《いや》な感じを含む予感《よかん》めいたものを暗示しているが、それが的中したのか、雨の音にあらためて驚いたのである。

聴覚を働かせ、自然の音に聞き入る門院は繊細《せんさい》な感覚の持ち主である。この歌は『百番御自歌合』八十八番右にもある。

門院の「檜原」の歌を『玉葉集』からもう一首あげる。

さ夜ふかき軒ばの嶺に月はいりてくらきひばらに嵐をぞ聞く　(二一二三)

夜はすっかりふけたころ、軒端《のきば》にかかるような山の峰に月は入ってしまって、あとには暗い檜《ひのき》のしげる原に、嵐の吹きぬける音だけを聞くことだ、という意。

23

ほととぎす声も高嶺《たかね》の横雲《よこぐも》になきすてて行く曙《あけぼの》の空

【出典】続千載和歌集・夏・二六三

ほととぎすは、鳴き声も高く、高い峰にかかる横雲に、一声鳴いては飛び去って行く、あけぼのの空よ。

【詞書】題しらず。

【語釈】○高嶺―「声もたかね」「たかねの横雲」の上下にかかる。○曙―夜が明けようとして次第に明るくなっている頃。

*『続千載和歌集《しょくせんざいわかしゅう》』には永福門院の歌は十一首入集《にっしゅう》する。その中から二首をとりあげる。

「ほととぎす」は、春の鶯《うぐいす》に並ぶ夏の鳥の代表として、歌に多く詠まれた。時鳥・郭公などと表記されている。鳴き声はするどく、昼夜を問わない。「死出の田長《たおさ》」ともよばれ、死後の国へ通う鳥とも信じられた。また第二句の「高嶺」は、「声も高ね」と「高嶺の横雲」の上下の語句にかかる。一首

*続千載和歌集―『玉葉集』の次にあたる第十五番目の

は景物も表現も伝統的な和歌の世界によっている。

しかしこの歌の眼目《がんもく》は、四句の「なきすてて行く」にあろう。時鳥《ほととぎす》が鋭く鳴いてはあけぼのの空に立ち去る動きを想《おも》わせる。一瞬の動的な対象把握を感じさせる個性的な表現であり、京極派歌風の特徴をよく表わしているといえよう。

この門院の歌と同じく「曙の空」と「時鳥」を詠んだ歌が、*式子内親王《しょくしないしんのう》にある。時鳥の一声を待ちのぞむのは王朝以来の伝統である。

*待ち待ちて夢か現《うつつ》か時鳥ただ一こゑのあけぼのの空

今か今かと待ちにまっていたほととぎすの一声があけぼのの空にきこえた。あの声は夢なのか、又は現実なのか、というほどの意。

式子内親王は、『新古今集《しんこきんしゅう》』に四十九首採られた名高い女流歌人。『玉葉集』でも十六首入集と高く評価されている。「夢の歌人」とも評されるが、この歌でも夢の面影《おもかげ》と時鳥の一鳴《ひとな》きとがうたわれている。

門院の歌も、時鳥の鳴き声を「待ち待ちて」いた時のものか。時鳥の声を待っていると、突然、鳴き声に襲われ、その驚きをうたったとも思われる。

この歌は門院の『百番御自歌合』二十一番右にもある。

勅撰集。撰者は二条為世。元応二年（一三二〇）成立。門院は五十歳。

＊式子内親王―鎌倉前期の代表的な女流歌人。後白河院の皇女。京の賀茂神社に仕えた斎院。

＊待ち待ちて…―建久五年の百首による。

24

暮れはつる嵐の底《そこ》に応《こた》ふなり宿とふ山の入相《いりあひ》の鐘

【出典】続千載和歌集・羇旅・八一二

すっかり暮れてしまった夕嵐の奥の方で響き合うようである、夕暮れの宿を尋ねるわたしをつつんで鳴る山寺の入相の鐘は。

【詞書】題しらず。

【語釈】○嵐の底に―嵐の奥の方に。「嵐の底」は新古今時代から詠まれ出した。勅撰集ではこの『続千載集』の歌のみ。○応ふなり―響き合うようである。嵐と鐘の音が応答しているの

一首は、旅人が夕暮れ時に宿を探しては歩く場面、折《おり》しも嵐の音と鐘の音とが呼応し、響《ひび》き合うところに焦点《しょうてん》を合わせてうたう。山里の夕景の魅力を、聴覚を生かして描いている。

初句「暮れはつる」に夕暮の景であることが示されているが、一首は、歌意のうえでは上句と下句とが倒置《とうち》となっている。下句では表現上、「宿とふ」のは「山の入相の鐘」であり、その鐘の音が上句の「嵐の底に応ふ」と解せ

られる。この「山」とは山寺の意と考えておく。ただ、このように順序を変えて解釈すると、散文的になり説明調に堕《だ》することになろう。

この歌のように、上下《かみしも》が滞《とどこお》らずにうたわれることによって、嵐の音と鐘の音とが響き合う夕暮れに、旅人が宿を尋《たず》ねるという旅情がかもし出されるといえよう。

「宿とふ」という用例は、羇旅《きりょ》の歌に多く、旅人自らが宿を訪《おとず》れる場面を歌うのが大半《たいはん》である。『玉葉集』にも高僧の道昭《*どうしょう》の次の歌が入る。

行き暮れて宿とふ山の遠方《をちかた》にしるべうれしき入相の鐘（旅・一二〇一）

旅をつづけているうちに日も暮れてきた。宿を尋ねているうちに遠くから今夜の宿の寺の鐘がきこえて大変うれしい、というのである。

なお門院の歌は、出典の『続千載集』では「羇旅歌《*きりょか》」の部立に配列されている。為世《ためよ》と対抗している為兼は『玉葉集』に「羇旅歌」の部立は置かず、離別《りべつ》歌と羇旅歌とを統合した「旅歌」という勅撰集《ちょくせんしゅう》では初めての部立を設《もう》けている。

門院のこの歌は『百番御自歌合』九十二番右にもある。

である。「なり」は伝聞推定の助動詞。

＊道昭—『玉葉集』初出。前大僧正道昭とある。

＊羇旅歌—羇旅歌は旅情をうたう歌として『万葉集』にも見えるが、最初の勅撰和歌集の『古今集』では、独立した部立になり一巻があてられた。

25

夕月日《ゆふつくひ》軒ばの影《かげ》はうつり消えて花の上にぞしばし残れる

【出典】永福門院百番御自歌合・十一番左

夕方の日の光りは、軒端にさしこんで映りはえているが、その光りは次第に消えてゆき、今は桜の花の上にしばらく光りを留めていることよ。

【語釈】○夕月日《ゆふつくひ》―夕方の日の光り。夕日。○「軒ばの影」―軒端にあたっている日の光り。

これからあげる四首は『永福門院百番御自歌合《おんじかあわせ》』にのみ所載《しよさい》する。京極派の和歌にあっては、朝夕の時間帯が好んで取り上げられている。この歌も、夕日の刻々と変る光りを取り上げたもの。

「夕月日」とうたい出しているが、門院の目にするのは、夕日が軒端《のきば》にあたっては消えてゆく光景である。三句の「うつり消えて」が鍵《かぎ》の言葉になる。これを、移り消えてゆくと解すると、下句の花の上にだけ残るという表現との関連を、理屈で説明している感がある。他方、この「うつり」が「映り」の意と解すると、結句の「しばし残れる」との対応が生きてくる。

門院の眼は、夕日の光りが軒端に映るのをながめつづけ、さらに、庭先《にわさき》にある桜の花が夕日にうかび上がっている情景をも見つめている。そして、夕日の光りが映《うつ》り消えて後に、花の上に残る光りを、瞬時に見逃さない。門院の繊細な感受性がよく表われている。

この一首には、文法的にみても京極派和歌の特徴がよく出ている。例えば「うつり消えて」は字余りで、その句末の「て」とともに時間の推移をも表わし、さらに下句は係助詞「ぞ」で「花の上に」を強調する点などである。

門院はこの「夕月日」の語をしばしば詠み、『百番御自歌合』には他にも二首ある。

花の上にしばしうつろふ夕づく日入《い》るともなしに影消えにけり*

夕月日岩根の苔《こけ》に影きえて岡の柳は秋風ぞふく*

ともに『風雅《ふうが》集』に採られる。「花の上に」の歌は31でまた取り上げる。

これら三首は、夕日の影が光を失っていくなかに見出だされる美に着目《ちゃくもく》している。門院の感受性をよく示しているといえるだろう。

＊花の上に……──五番左の歌。31参照。

＊夕月日……──四十五番右の歌。

26

夕立《ゆふだち》の雲も残らず空晴れて簾《すだれ》をのぼる宵《よひ》の月影

【出典】永福門院百番御自歌合・二十六番左

夕立はあがり、雲も残らず消え、空はすっきりと晴れ、すだれを透かしてゆっくりと宵の月が昇っていく。

歌の舞台は次のようではなかったか。門院は、夕立のあった夏の夕刻、いつものように何人かの女房たちとともに部屋の中にいる。御簾《みす》がかかった部屋の内から外に眼を向けると、簾《すだれ》越しに月が昇っていく。

上句《かみのく》の「夕立の雲も残らず空晴れて」では、夕立の激しい雨とは対照的な、雲も残らずに空が晴れた、静かな夕暮れ時を写生するように描く。そしてこの表現を通して清澄《せいちょう》な感じや、夕立の後のさわやかさ、解放感も表わ

【語釈】○簾をのぼる—すだれの目を一つずつ数えるように昇る。○宵の月影—夕方の月のこと。「月影」はここでは月。

している。

下句では、すだれ越しに見られる夕月を愛《め》でつつ、「簾をのぼる」月の動きによって、時間の推移をも捉えていく。この歌の「宵の月影」とは夕方の日没とともに東にのぼる月で、おそらく満月であろう。

上句の情景描写からは、見たままを写生するありふれた日常詠《えい》にみえるが、下句では「簾をのぼる宵の月影」という個性的な切り口によって簾越しに見える「宵の月」が、すだれの目を一つ一つ数えるように昇るさまを捉えて表現する。この下句の表現は他の歌に用例が見られず、斬新《ざんしん》である。

木の間越しの月の光りを愛でる歌を既に08に取り上げたが、すだれ越しの月という新鮮な捉え方と「簾をのぼる宵の月影」という表現は、門院の独自な感覚による思い切った表現といってよい。一首の眼目もこの下句の表現にあろう。

門院は、夕立の後の夏の宵に、簾越しに月の光りが差し込むのを、静かにながめている。室内から外の陽気に気を配り、また天候の変化に敏感である。そうした繊細《せんさい》な感覚からこそ生まれた歌である。

27

宵過《よひ》ぎて月まだ遅き山の端《は》の雲に光れる秋の稲妻《いなづま》

【出典】永福門院百番御自歌合・四十一番右

宵は過ぎて、まだ月の出が遅い山の端の雲のところで、一瞬光っている秋の稲妻よ。

この歌は、秋の夜、雲のかかった山の端に月を待ちつづけていると、突然雲の間に予想外の稲妻が光った、その時の感動を逃《のが》さずに言葉にしたものといえよう。

一首全体が叙景《じょけい》に徹《てつ》しているように見えるが、叙景の背後に感動が込《こ》められている。すなわち、二、三句の「月まだ遅き山の端」には月を待ち望む心情、下句「雲に光れる秋の稲妻」には、雲間に突然光る稲妻への驚きと恐れ

【語釈】○宵過ぎて―夜のはじめの頃は過ぎて。○月まだ遅き―月の出がまだ遅い。月を待つ心がある。月は下弦の月。○雲に光れる―雲のところで光っている。

があるだろう。このような心情面での対比もこの歌には感じられよう。
一首の調子は、上句から下句へと切れ目がありそうでいて切れずに続き、五句の「秋の稲妻」という体言止めでまとめられている。その余情は、目に焼きつく稲妻の光りとして残る。

ここに詠《よ》まれている「稲妻」は自然現象そのものであり、伝統的な和歌に多くみられるような儚《はかな》いものの譬《たと》えではない。目前《もくぜん》の景を写生するなかで得られた歌といえよう。

しかも、「秋の稲妻」をよんだ歌は、王朝以来の歌においてはきわめて珍しく、勅撰集では他に『玉葉集』の伏見院御製《ふしみいんぎょせい》一首に見えるのみである。

宵のまのむら雲つたひ影見えて山の端めぐる秋の稲妻　（六二八）

宵の間のむら雲つたいにかみなりの光りが見られる。山の端をめぐる秋の稲妻よ、という意。

門院の歌は、この伏見院の歌に学んだものであろうか。見たまま感じたままの心を、言葉でそのまましっかりと表現する、これが京極為兼の教えである。門院は、伏見院とともにこの教えを繰り返し実作に生かそうとしている。

28

時雨《しぐれ》つつ秋すさまじき岡のべの尾花《をばな》にまじる櫨《はじ》の一本《ひともと》

【出典】永福門院百番御自歌合・四十七番右

時雨が降ってはやみ、やんでは降る秋の荒涼とした岡のほとり、一面の尾花にまじる、紅葉した一本の櫨《はじ》の木よ。

一首は晩秋の詠である。「時雨」「尾花」「櫨」などから季節感は明らかであるが、二句には「秋すさまじき」とあるので、秋も深まったころの景色《けしき》をうたった歌といえる。

この景のすさまじさは、寒々しい「時雨」の中に広がる岡一面の「尾花」という景物がもたらす。この景観がおのずと表わす色は、白色である。そして、尾花に混じる一本の紅葉した「櫨」をうたっているので、白色を背景と

【語釈】○時雨《しぐれ》―秋から初冬の、降ったり止んだりする小雨。○尾花―すすきのこと。薄の穂は枯れると銀白色になる。○櫨《はじ》の一本《ひともと》―一本の櫨の木よ。櫨はウルシ科の木。「はぜ」とも。葉が秋には美しく紅葉する。ここでは紅葉のはじ。

した紅一点《こういってん》という構成の美しい光景となる。色の対照を生かしたまことに絵画的な叙景歌といえる。

ところで「はじもみぢ」というのは、宮廷女性の晩秋・初冬に着用する衣装の襲《かさね》の色目（表が蘇芳《すおう》＝黒味を帯びた紅、裏は黄）でもある。門院が櫨の紅葉の景に関心を寄せるゆえんである。

やまない時雨の動きは背景に溶《と》け込《こ》み、静かで冷気をもよおす。静謐《せいひつ》で落ち着きのある歌である。ただし「秋すさまじき」の語は、しぐれている晩秋の荒涼《こうりょう》とした景をあらためて説明する感がある。

なお『百番御自歌合』には「すさまじ」の語を用いる歌が、この他に二首見える。四十八番左「秋ぞすさまじき」、五十九番左「野辺ぞすさまじき」である。また門院の『玉葉集』入集歌には、次の歌がある。

夕暮の庭すさまじき秋風に桐の葉落ちて村雨《むらさめ》ぞ降る　（七二五）

夕暮の庭を吹きぬける荒涼とした秋風に桐の葉は落ちて、その上に村雨が降っている、という意。

門院は秋の荒涼とした風情をみすえ、それを表わすのに「すさまじ」という語を多用している。

29

朝嵐はそともの竹に吹きあれて山の霞《かすみ》も春さむき比《ころ》

【出典】風雅和歌集・春上・三九

朝の嵐が、家の北面の庭の竹に吹き荒れていて、山には霞がかかっているが、春とはいえまだ寒いこの頃よ。

『*風雅《ふうが》集』に門院の歌は六十九首入集する。そこから四季・恋・雑の順に二十首をとりあげる。

まず、この歌は『百番御自歌合』一番右にもあり、春の初めの歌と思われるが、『風雅集』では詞書《ことばがき》が「余寒の心を」とある。

寒《かん》があけてからの寒さである余寒《よかん》を、目の前の「朝嵐」から歌い出し、つづく「そともの竹に吹きあれて」によって、吹き荒れる竹の音や竹がしなる

【詞書】余寒の心を。

【語釈】○そとも―背面・北、あるいは外面。ここでは北面ととる。

*風雅集―第十七番目の勅撰集。貞和二年（一三四六）、永福門院の薨去後四年に成立。持明院統の花園院監

様子《ようす》を想わせ、下句に、遠く山々にかかる春霞《はるがすみ》を配している。
春の訪れは山にかかる霞によって表されることが多い。門院は家の中から嵐に吹かれる庭の竹や遠くの山々をながめている。こうした遠・近の景を上句と下句にまとめながら、春寒いころの情景を表現する。内容、声調ともに京極派和歌の自然詠の特徴をよく表わす。

門院は朝夕の時間帯を好んでうたう。ただ「朝嵐」という歌語《かご》は、勅撰集では珍しい。初句でうたうのは、門院の他に為兼の詠《えい》が『風雅集』に一首あるが、詞書には「川霧をよみ侍りける」とあり、秋歌である。

朝嵐の峰よりおろす大井川うきたる霧も流れてぞ行く（秋下・六五六）

朝嵐が峰から吹きおろすところに大井川が流れている。川霧《かわぎり》も朝嵐によってゆったりと流れている、という意。

また「そとも」の意については、伏見院の春宮《とうぐう》時代に仕《つか》えた*飛鳥井雅有《まさあり》の日記『春の深山路《みやまじ》』の中に、参上してきた為兼が、「そとも」の意を春宮に尋ねられて、「北」と答えた記事（弘安三年七月）がある。「北」の意味の「そとも」の例はすでに『万葉集』にも見え、為兼はこの『万葉集』を重視した歌論*『為兼卿和歌抄《ためかねきょうわかしょう》』を春宮に仕えていたころにまとめていた。

修・光厳院親撰とされる。
02脚注参照。

*飛鳥井雅有―『続《しょく》古今集』初出の飛鳥井家歌人。鎌倉歌壇でも活躍し、京と鎌倉を頻繁に行き来した。伏見院の東宮時代に仕える。家集『隣女和歌集』、日記『嵯峨のかよひぢ』、『春の深山路』などがある。

*為兼卿和歌抄―01参照。

30

なにとなき草の花さく野べの春雲にひばりの声ものどけき

【出典】風雅和歌集・春中・一三二

何というほどでもない名もしらぬ草の花が咲く野辺の春、空の雲にはひばりの声がするのも、実にのどかな感じだ。

【詞書】春の御歌の中に。

【語釈】○なにとなき―普通の。特に取り立てない。

初句を「なにとなく」で始める歌は、『玉葉集』に四首、『風雅集』に十三首ある。京極派好みの語といえようが、門院のように、何と言うこともないような、名もなき草に目をとめ、しかもそれを和歌に詠むということ自体が実に珍しい。和歌の題材は『古今集』によってお手本が示されたので、歌によまれるものも限られていた。その伝統の中で門院は、身近なものに常に関心を寄せ、しかも歌に詠んでいる。

上句の足元の草花と、下句のひばりの声を追いながら雲を見やるというのは、明らかに天地を対比しているが、この対比をとおして、一首は春の野辺全体にひろがる長閑《のどか》さ、のびやかさをうたっている。結句「のどけき」はやや説明的な感もあるが、実感を率直に表現する作者の姿が偲《しの》ばれ、穏《おだ》やかな春の感じを素直《すなお》にうたうものとなっている。

「ひばり」をうたう歌として有名なのが『万葉集』の大伴家持《＊おおとものやかもち》の歌であるが、春の夕暮れに鳴くひばりは、新古今時代の定家《＊ていか》によって詠まれており、それが『玉葉集』に入集している。

　末遠き若葉の芝生うち靡《なび》きひばり鳴く野の春の夕暮（一一一）

遠い先までつづいている若葉の芝生がなびき、ひばりが鳴いている野原の春の夕暮れ時よ、という意。

『古今集』は、和歌の「心と詞」の規範《きはん》になった歌集であるが、中世になって為兼の主導する京極派和歌では、より新しい題材・歌言葉の発掘を積極的に行っている。この歌は、門院が常日頃《つねひごろ》から身辺《しんぺん》の物に目を向け、新しい題材や詞を発掘している姿がよく出ているといえる。

なおこの歌は門院の『百番御自歌合』五番右にもある。

＊大伴家持の歌―「うらうらに照れる春日にひばりあがりこころかなしも独りしおもへば」（四二九二）。

＊定家―01参照。

31

花の上にしばし映《うつ》ろふ夕づく日入《い》るともなしに影《かげ》消えにけり

【出典】風雅和歌集・春中・一九九

桜の花の上に、暫くの間映りたゆたっている夕日、いつ入るということもなしに、そのひかりは消えてしまったよ。

【詞書】夕花を。

春のさかり、夕方の日の光りの中で咲いている花をながめつづけるというのは、作者のたのしみであったにちがいない。

一首は、初句「花の上に」が字余りであるが、夕日に映える花を示すうえで、かえって効果的である。二、三句の「しばしうつろふ夕づく日」は、日ごろ桜を愛《め》で観賞する経験が反映されていると思われる。「うつろふ*」は「映ろふ」と解したい。移るという意では、状況の説明で終始する感がある。

*うつろふ—25参照。

上句には、「夕づく日」の映えるさまに眼をとめている門院の姿があり、見入っている夕日の影が、下句では「入るともなしに」「消えにけり」と捉えられている。

「夕づく日」は作者が好んで取り上げる題材・歌言葉であることは既に25で触れた。初句「夕づく日」の歌は、この歌と25で取り上げた歌、それに『百番御自歌合』四五番右の歌で、『風雅集』に見える次の歌がある。

夕月日岩根の苔に影消えて岡の柳はあき風ぞ吹く（四九八）

「花の上に」の歌は題詠《だいえい》であり、門院は上句において歌題の「夕花」を詠みこんでいくが、夕暮れ時の時間の推移《すいい》とともに、ひかりと花が共演して一《いっ》瞬《しゅん》現れる夕花のうつくしさを、花に映える夕日の微妙な変化のなかにうたい、夕日の影の名残《なご》りを惜《お》しむ気持ちを、平明な言葉を用いて的確に表現している。

初句の字余りや三、四句の小休止をはさんで結句に収束《しゅうそく》する声調《せいちょう》に、作者の繊細な感覚とすぐれた表現力が想われ、永福門院を代表する歌となった。

なおこの歌は門院の『百番御自歌合』五番左にもある。

32

散り受ける山の岩根《いはね》の藤つつじ色にながるる谷川の水

【出典】風雅和歌集・春下・二八八

散っては浮いて山の水に流れている岩陰の藤や山つつじ、その美しい色となって流れている谷川の水よ。

【詞書】春御歌の中に。

【語釈】○散り受ける―散っては浮いている意。○山の岩根―山の岩が根。山の大きな岩。

一首が捉えている場面は、谷川の水が山の岩かげの藤やつつじの花をうかべて流れている、という光景である。

門院は、新緑《しんりょく》に包《つつ》まれた春の終わりの山の、色の鮮やかな藤やつつじの花の色と、清冽《せいれつ》な谷川の水の組み合わせによって、春の華《はな》やぎを表す。

谷川の水が紅葉《もみじ》に染《そ》まるとあれば、王朝以来の和歌が好んだ趣向《しゅこう》であるが、それを逆手《さかて》にとるように、新緑に生き生きとした山や自然の花々をそのまま描いた京極派風の自然詠といってよいだろう。

上句では、谷川の水を見たときの視線の動きと、それを表わす言葉「散り受ける」以下、「山の岩根」、「藤」、「つつじ」と景物を畳《たた》みかけて示すという構成。それぞれの色が濃淡《のうたん》をともなって鮮明《せんめい》にうかぶこの上句は、ややたどたどしい声調になると感じられるが、下句の調子は一気に下る谷川の水のようで勢いがある。

自然の織《お》り成《な》す色は、極彩色の人工的な色とは対照的である。新緑も岩根の藤も山つつじも、あるいは谷川の水の流れも、明暗もあり濃淡もあって、自然のままの色合いをもつ。それを作者は飽《あ》きることのなく見届けているのである。その中で新鮮な題材とともに感動の発見をしているようである。しかも「色にながるる谷川の水」とあるので、藤やつつじの色を映しだした水の流れが春の自然の美しさを一層ひきたてる。

一首の眼目といえる「色にながるる谷川の水」という表現は、色彩に着《ちゃく》目《もく》する京極派和歌の特徴をよくあらわしている。

33

かげしげき木《こ》の下闇《したやみ》のくらき夜《よ》に水の音して水鶏《くひな》なくなり

【出典】風雅和歌集・夏・三七六

木のかげが濃く木《こ》の下闇のたいそう暗い夜に、遠くに水音がして、水鶏《くいな》の鳴く声が聞えてくる。

題「夏の鳥」による。時鳥《ほととぎす》は夏の鳥の代表的な鳥であるが（23にあり）、水鶏《くいな》も夏の鳥として歌によく詠まれている。

一首は、「かげしげき木《こ》の下闇」という木の枝葉が生い茂ってその陰《かげ》で暗いという具体的な描写から、さらに「くらき夜《よ》」へとつづけていく。上句から心に浮かぶ景に光りはなく、色とてもない木の下闇のくらい夜に対して、下句では水の音と水鶏の鳴く声とを重ね合わせいく。

【詞書】三十首御歌の中に、夏鳥といふ事を。

【語釈】○三十首御歌―伏見院が嘉元元年に召した三十首歌。○水鶏《くひな》―くいな。水辺にすむ。夜に鳴く声が、戸をたたく音などに似るとされていた。和歌では夏の

上句の、ひかりを徹底的に排除したような場面に対して、下句では視覚とは別の、暗い夜に聞える水音と水鶏の鳴き声が主体の歌となる。この歌が聴覚の感じる世界を描こうとしたのは明らかである。

門院は、夏のひと時、木《こ》の下やみの暗い夜の中に思い描く水辺《みずべ》の水鶏と、その声を想う。そして、その声に聞き入ることを通して、みずからの心細さやさびしさを表現している。

「くらき夜《よ》に」という三句は、「木の下闇」という場面を念押ししており、結句「水鶏《くひな》なくなり」では、ナ音がもつれるような調子を感じさせるが、声調全体としてまとまりはわるくない。

古来、水鶏の鳴き声は、戸をたたくように聞こえるといわれており、恋人のおとずれにまごうものとして恋歌によまれている。ただ兼好《けんこう》＊が「くひなのたたくなど心細からぬかは」（徒然草《つれづれぐさ》）というように、水鶏の鳴き声は心細さをひとしお感じさせる鳥と思われていた。

暗い夜、水音が聞こえている。そこに、水鶏の鳴く声が加わる。さびしさを聴覚で印象的に描くのが門院の歌である。

鳥。○なくなり—「鳴くなり」。声が聞こえる意。「なり」は伝聞推定の助動詞。

＊兼好—鎌倉末期の歌人。二条為世門下の四天王の一人。出家後に著した『徒然草』が有名。

34

ま萩《はぎ》ちる庭の秋風身にしみて夕日の影ぞ壁に消えゆく

【出典】風雅和歌集・秋上・四七八

美しい萩の花がこぼれ散る、その庭を吹きぬける秋風は身にしみてきて、夕日の光は壁にさし込みながらも、次第にうすれて消えてゆくよ。

【詞書】秋の御歌に。

【語釈】○ま萩—「ま萩」は美しい萩のこと。「ま」は美称。萩は秋の七草であり、和歌にはよく詠まれている。○夕日のかげ—夕方の日のひかり。夕日の光り。

門院は、既に取り上げたように「夕月日」を再三よむ（25、31参照）が、この歌では「夕日の影」をうたっている。

夕方、庭先に下りているのであろう。萩は秋の七草、秋の代表的な花である。庭の小さな萩の花もこぼれ落ちて、涼しくなっている秋の風が思わず「身にしみ」てしまう。そして、家の壁に夕日があたりながら次第に消えるさまを見ている。「夕日の影ぞ壁に消えゆく」の表現には、夕日の光りという対象の、変化を見つづける動的把握の典型がある。

「壁」は、和歌に詠まれることが比較的少ない。「壁」が和歌に詠まれるのは漢詩の影響と考えられるが、京極派歌人はよくこの「壁」を取り上げる。門院にはこの歌の他に『百番御自歌合』八十三番左の一首もある。


　山松の梢の空のしらむままに壁に消えゆく閨《ねや》の月影

先の歌では、「ま萩ちる」とうたい出して秋の風情を見つめる作者は、下句で「壁に消えゆく」という独自の対象把握をして、それを表現している。強意の係助詞「ぞ」の効果もあり、「夕日のかげ」の時間とともに移る相《そう》、すなわち季節のうつろい、一日の時の移りゆきを凝縮《ぎょうしゅく》して表わしている。

　ここには、身辺の景をながめながら、かなしみに堪《た》えて秋風に吹かれ、なお夕日影を見つづけている作者がいる。景・情が一致する場面であり、作者の寂しさ哀《かな》しさがにじみ出る叙情性がある。

　夕日影という薄い光りに秋を見る繊細な門院の感受性はこの歌からもよくうかがわれる。この歌は永福門院の代表歌の一つとされる。

35

きりぎりす声はいづくぞ草もなき白州《しらす》の庭の秋の夜《よ》の月

【出典】風雅和歌集・秋中・五五六

きりぎりすよ、声は一体どこでするのか。虫の好む草もない白砂の庭には、ただ秋の夜の月がさし込んでいる。

題は「月前の虫」。秋の夜長《よなが》に風情ある月と虫の音。和歌では古くから繰り返しうたわれている題材を、門院は身近《みじか》なところからうたい出す。

上句は、こおろぎの鳴き声に驚くとともに、虫の音を耳にしながら、秋の夜の月に照らされた白州の庭の白さ、澄《す》み切《き》った光りに目を向けている。聴覚と視覚による表現が対照的である。

しかも「きりぎりす」の声を聞いて、秋のあはれを感じつつも、草陰《くさかげ》もな

【詞書】月前虫といふ事を。

【語釈】○きりぎりす―今の「こおろぎ」のこと。秋の夜、物かげでなく。○白州の庭―白砂をしいた庭。御殿の前庭か。

い「白州の庭」の一体どこから鳴くのか、という戸惑《とまど》いをみせる。

虫の音をめでるのは秋の風情としてありふれてみえるが、虫の音がどこから来るのかに興味をもち、それを歌にするなどはきわめて珍しいのではなかろうか。門院は、草もない白州の庭では虫もいないはず、という理に堕《お》ちるようなことを、一瞬の心の動きにとどめ、秋の夜の月を虫の音とともにたのしみ味わっている。

一首全体の感じは清澄で耳に心地よい。初句、二句切れで、下句が「の」でつながりながら調子をつくる。「月前虫」という題にふさわしい情景を詠むが、実生活で見聞《みき》きした風情をそのまま言葉に連《つら》ねたようにもみえる。

門院がよんだ「きりぎりす」の歌は、『玉葉集』の虫の歌群《かぐん》にも一首見える。「秋夜の雨」の題。

降りまさる雨夜の閨《ねや》のきりぎりす絶《た》え絶《だ》えになる声も悲しき　（六〇三）

どんどん降ってくる雨の夜の寝室で鳴いているきりぎりす。しだいに途切《とぎ》れ途切れになる声もかなしいものだ、という意。

他に習作*のような作もあり、眼にする月の光りと耳にひびく虫の音という対比を門院は好んでうたった。

＊習作のような作―『百番御自歌合』三十六番左に「庭しろく月はいでぬる宵のまの草の葉がくれきりぎりすなく」とある。

36

村雲《むらぐも》に隠れ現はれ行く月の晴れも曇《くも》りも秋ぞかなしき

【出典】風雅和歌集・秋中・六〇四

村雲の間に隠れたり現れたりして行く月のひかりをみていると、晴れるにつけ曇るにつけ、秋というのはまことにもの悲しいものだなあ。

月をながめては、秋のもの悲しさにひたる場面がうたわれる。初句の「村雲」に対して「隠れ現はれ行く月」というのは、いかにも「月に村雲」という趣ある景物の組み合わせであるが、下句において月の「晴れも曇りも」という明暗の対比を重ねて用いて「秋ぞかなしき」と結び、秋のもの悲しさを村雲の月に凝縮《ぎょうしゅく》していく。作者は、時の経《た》つのを忘れたかのように、群雲《むらぐも》に隠れては現れる月をながめつづけているようである。

【詞書】題しらず。

【語釈】○村雲―むらがり立つ雲。群雲。○晴れも曇りも―晴れの時も、曇りの時も。「〜も〜も」は並立関係。○秋ぞかなしき―「かなし」は悲哀の意。深く心をうたれて感動する。

明暗の対比とその繰り返しには、やや説明的な感じがあるが、こうした表現のなかで、作者の思いは率直《そっちょく》にうたわれている。

これは京極派和歌の指導者である為兼の教えによるところが大である。再三《さいさん》ふれているように京極為兼の教えは、歌はこころが肝要《かんよう》であり、詞《ことば》も「同事」にこだわらずにうたうというのである。

一首は、「題しらず」とあるので、日常詠のようであり、題詠とは決められないようである。日頃の体験から見出だした秋の風情を歌にしたと思われる。この歌は門院の『百番御自歌合』三十八番右にもある。

なお「晴れも曇りも」という詞は、『建礼門院右京大夫集』*に見える次の歌との関連も指摘されている。

大空は晴れも曇りもさだめなき身のうきことはいつも変はらじ　(二五四)

大空は晴れも曇りもして一様《いちよう》ではないのに、わが身のつらく苦しいことはいつも変らないであろう、といった意。夜通《よどお》し空をながめていた時の歌とある。「晴れも曇りも」定めない天象とわが身を対比させている。

これに対し、門院の歌は、直接的に自分の「身のうきこと」をうたわずに、天象の定めなさから秋のもの悲しさをうたったのである。

＊建礼門院右京大夫―20の脚注参照。

37

もろくなる桐《きり》の枯れ葉は庭におちて嵐にまじる村雨《むらさめ》の音

【出典】風雅和歌集・秋下・七一一

もろくなった桐の枯れ葉は庭に落ちて、嵐にまじってその枯れ葉にもあたる村雨の音が聞えてくる。

【詞書】題しらず。

【語釈】○もろくなる―散りやすくなる意。○村雨―むらさめ。断続的に強く降るにわか雨。

一首は、秋も深まり、枯れてもろくなっている桐の葉は、嵐によってとうとう庭に落ちてしまい、その桐の枯れ葉に村雨があたり、嵐は依然として吹き続けているというのである。

桐の枯れ葉を、門院は前から気にかけていたのであろうが、実際に桐の葉が落ちる瞬間を見ていたわけではあるまい。上句では場面となる景を視覚的に示し、下句ではその後のさまを、聴覚によってとらえてまとめている。対照の妙を生かした自然詠である。村雨にうたれる桐の枯れ葉に風情を感じている。しかし、その趣を表わす「をかし」や「あはれ」などの感情語は直接的に用いない。見たまま、感じたままの光景を中心にうたう自然観照歌《かんしょうか》といえよう。

門院はこの歌と同想の歌を他にも詠んでいる。28で取り上げた『玉葉集』入集歌をあらためてあげる。

夕暮れの庭すさまじき秋風に桐の葉落ちて村雨ぞふる　（七二五）

荒涼とした庭に、はげしい秋風、さらには村雨という景である。

ところで、夏になると淡《あわ》い紫色の花をつける桐は、葉が大きく広がる。『枕草子《まくらのそうし》』では「桐の木の花、紫にさきたるはなほをかしきに、葉のひろごりざまぞ、うたてこちたけれ。」とあり、花の美しさに比べて葉の広がりはひどくぶざまにみえる、と評判はよくない。

桐の葉が和歌に詠まれるようになったのは白楽天《はくらくてん》の漢詩「長恨歌《ちょうごんか》」*の影響が大きく、新古今歌人によって歌材《かざい》として注目され、秋の歌として詠まれていくようになった。門院もその影響を受けているであろう。

なお「もろくなる」の歌は門院の『百番御自歌合』四十九番右にもある。

＊長恨歌―「長恨歌」の一節に「春雨桃李花開く日　秋雨梧桐葉落つる時」とあり桐の葉を描く。

38

むらむらに小松まじれる冬枯《ふゆが》れの野べすさまじき夕暮《ゆふぐれ》の雨

【出典】風雅和歌集・冬・七四六

あちこちに小松がまじっているだけの冬枯れの野に、いっそう荒涼と感じさせる夕暮の雨が降ることよ。

【詞書】題しらず。

【語釈】○小松―小さい松。正月の子《ね》の日に長寿を願って野山で小松を引く行事が平安貴族のなかでは行われ、歌にも詠まれている。○すさまじき―28に既出。

冬枯れの野辺には荒涼としたさびしさがある。これを評価するのは中世《ちゅうせい》人《じん》の美意識であり、兼好《けんこう》は「冬枯れの気色こそ秋にはをさをさおとるまじけれ。」(徒然草)、冬枯れの景色は秋には少しもひけをとらない、という。門院も積極的に冬枯れの景色をうたう。一首は「題しらず」とあるので、特定の歌題のもとで詠んだ題詠とは考えにくい。

初句の「むらむらに」は、京極派歌人の好んだ歌語《かご》であり、門院も既出(07

のように「花もむらむら」と歌っている。この歌では「冬枯れの野辺」の中に小松が「むらむらに」混じっている光景が歌われている。そうした冬枯れの野に夕暮の雨が降り注ぐ情景を、下句「野べすさまじき夕暮の雨」と詠む。草木の葉が枯れている「冬枯れの野べ」は、十分にすさまじさを表わしているところだが、さらに「すさまじき」とだめを押すのは、やや説明的という感はまぬかれまい。このような門院の歌の「すさまじ」については28でもふれた。

しかし、この「すさまじき」は結句の「夕暮の雨」にもかかっている。小松と対照的な野辺《のべ》に降る「すさまじき」「夕暮の雨」を想い描かせる効果もある。一首は「小松」という、青々と生育する長寿の松と「冬枯れの野べ」という色を失ったものとを対比するなかで、生まれていくものと枯れるものとが同時に存在する荒涼とした冬の情景を描く。いわば「すさまじき」冬に眼をむけて、門院は叙景に徹している。

このように、対象を見つめ、それをありのままに写そうとしていく方法は、永福門院の自然詠の特徴をよく表わしている。

この歌は門院の『百番御自歌合』五十九番左にもある。

39

鳥のこゑ松の嵐《あらし》の音もせず山しづかなる雪の夕暮《ゆふぐれ》

【出典】風雅和歌集・冬・八二六

鳥の声も松の嵐の音も今はしない。山一帯が全く静まりかえった雪の夕暮よ。

題は「山の雪」である。高い山であれば「深山《みやま》」といわれることが多いので、この題では人里《ひとざと》からそう遠くはない山の雪を詠んでいるのであろう。実景としては、京の郊外の山々に降る雪などが想像される。

まず「鳥の声松の嵐の音もせず」とうたう。鳥の声も松の嵐の音も一切ない、普段のさわぎに満ちた光景とは異《こと》なる情景が提示される。下句では歌題である「山の雪」をふまえた「山しづかなる雪の夕暮」という情景をそのま

【詞書】百番歌合に、山雪を。

【語釈】○松の嵐―松を吹く嵐。松を吹く風「松風・松《しょう》籟《らい》」には風情があるが、強い風の嵐では恐ろしい感じもあろう。○百番歌合―未詳。

ま描く。上句の理由説明にもなるが、雪の降った山が静かに感じられる夕暮れ時というのである。

雪は一日降りつづいたのであろうか。鳥のさわぎも松の嵐もおさまる夕暮れ時は、おそらく雪もやみ、山の雪があたり一帯の物音を吸い込むようにして静かである。上句にあげる鳥や松の嵐の自然の物音の否定は、下句の「しづか」を強めることになる。一首の眼目は下句にある。

雪が降り出す前は、鳥のさわぎも松の嵐の音も、耳に入っていたであろう。しかし雪が降《ふ》り積《つ》もると、物音をすべて包むように消してしまう。この静《せい》寂《じゃく》に門院はひたりきっている。こうした体験が一首に反映しているであろう。歌合《うたあわせ》の歌であるが、特に修辞《しゅうじ》を凝《こ》らさない。門院は思うままをうたう。ややや説明調ともみえるが、具体的なものを挙げて、平明に、雪の日の夕暮の、あたりの物音すべてを包み込む静けさを、印象深く歌っている。

なお門院には「雪の夕暮」、「音もせず」をうたう次のような歌もある。

　*遠近《をちこち》の里のわたりぞ静かなるかよひ絶えたる雪の夕暮

　寒*き雨は枯野の原に降りしめて山松風の音だにもせず

冬を様々に積極的にうたう門院の姿がうかがえる。

*遠近の里のわたり……『百番御自歌合』五十八番左。

*寒き雨は枯野……『百番御自歌合』五十九番右。

40

あやしくも心のうちぞ乱れゆく物《もの》思ふ身とはなさじと思ふに

【出典】風雅和歌集・恋一・一〇一〇

不思議にも我ながら心の中はあれこれと乱れていく。恋に苦しみ思い悩むわが身にはしないようにと思うけれども。

【詞書】恋歌とて。

【語釈】○あやしくも―我ながら不思議にも。助詞「も」は、意味を強調し、感情を含めて表現する。○心のうちぞ乱れ行く―心の中はちぢに乱れていく。○物思ふ身―恋に思い悩む

『風雅集』は恋歌に五巻をあてる。この中に門院の恋歌は計三十九首もあり、さまざまな恋模様《もよう》がうたわれている。この中から六首をとりあげる。

男と女の恋の歌では、当然、相手をどのように思っているかが重大である。「相思相愛《そうしそうあい》」のように同じ思いを抱いている二人であれば、何もいうことはあるまい。

この歌は、恋のはじめの頃をうたうようである。「あやしくも」とうたい

身。

出して、この頃の自分は妙《みょう》に心が乱れ行き、物思う身となってしまったことを告白している。恋を知り初《そ》めたのである。しかし、なぜこのように「心のうちぞ乱れゆく」のかは、自分でもわからない。

日ごろは、下句のように「物思ふ身とはなさじと思ふ」と、堅《かた》く心に決めてさえもいたのに、といつもの自分とは違うことに気づいていく。冷静に自分を見つめて、ままならぬのが恋の心だと認めているようである。

一首は、上句と下句との倒置法を生かし、また強意の「ぞ」による係り結び、三句切れなどの技法によっているものの、声調にはまとまりがある。

そして、恋する心そのものを見すえて詠もうとしている点は、京極派和歌の恋歌の特徴をよく示す。あたかも自分の心をじっと見つめるもう一人の人物がいて恋心を描くかのようである。

なおこの歌は門院の『百番御自歌合』六十四番左にもあるが、五句は「なるまいと思うけれども」の意の「ならじと思ふに」とある。

ここにあげた『風雅集』の「なさじと思ふ」の本文の方が、より意志的の意味となるであろう。自分に言いきかせているのである。しかし「あやしくも」心乱れてしまったとうたうあたり、恋の世界へ今踏《ふ》み込《こ》んだのである。

41

我も人もあはれつれなき夜《よ》な夜《よ》なよ頼《たの》めもやまず待ちも弱らず

【出典】風雅和歌集・恋二・一〇六二

わたしもあの人も、ああいかにもそしらぬ顔をしている毎夜毎夜だなあ。あの人とは約束するのを止めもせず、またあてにならぬ人を待ちくたびれもせずに。

【詞書】歴夜待恋といふ事を。

【語釈】○我も人も―わたしも、恋するあの人も。「〜も〜も」は並立関係。○つれなき―「つれなし」は、無関心・冷淡。そしらぬ顔をしていること。○夜な夜な―毎晩。夜ごと。○

題「歴夜に待つ恋」は、夜ごと人を待つ恋の意。したがって、恋にときめく心を歌うのが題の本意《ほんい》である。ところがこの歌は、夜ごと人を待つとはいえ、さめている二人の仲を語るかのようである。15の『玉葉集』の恋歌でふれたように、女は男を待つのが恋の常であった。

上句は、「我も人も」と互いに客観視されて、「あはれつれなき夜な夜なよ」と、二人が毎夜そしらぬ顔をして過す様子が歌われている。下句では、それがなぜか、というような理由には触《ふ》れずに、ただ「頼めもやまず待ちも弱らず」という現状を写すかのように結ぶ。つまり、恋人は訪れる気がないのに来ると約束することも止めず、自分はそんな人を待ちくたびれもせずに待つというのである。

二人にとっては、惰性《だせい》のような毎日。しかも二人は、周《まわ》りがどのように見ているかは気にしない。この歌はあくまでそんな二人の仲の現状をそのままにうたうのである。

この恋歌は、実際の恋にもとづくかどうか疑問。題から想定される場面とともに、恋する二人の心理に寄り添ってうたっているので、心理分析的といわれる京極派和歌の恋歌の傾向がよく出ている。

なお初句「我も人も」という恋歌は『玉葉集』の伏見院御製にもある。題は「恨む恋」。嘉元《かげん》元年（一三〇三）に院が三十首の歌を召した時のもの。

我も人も恨みたちぬる中なれば今はさこそとあはれなるかな（一七〇二）

わたしもあの人も、相手を恨めしく憎く思うことのある仲なので、互いに今はそうですかと感じてしまうのは、かなしいことだなあ、という意。

門院の歌は、伏見院の歌と同じく恋のかなしさをうたうようである。

頼めもやまず待ちも弱らず
―互いに頼みにするのを止めもせず、待つことに弱りもせずに。

42

慣《な》るる間《ま》のあはれに終《つひ》に引かれ来て厭《いと》ひがたくぞ今はなりぬる

【出典】風雅和歌集・恋三・一一四一

何度も会って見なれるにつれて、思いが深くなり、とうとうあの人にひかれてきて、離れがたい気持に今はなってしまっていることよ。

【詞書】恋御歌の中に。

恋の出会いというものは、一瞬の衝撃的なものではないのかもしれない。この歌の描く恋は、初めは、それほどにも思ってみなかった人に対して、何度も逢瀬を重ねるにつれて、ついに今では忘れがたい人になってしまったというのである。時間をかけた、恋心の移りゆき、深まりが歌われている。一編の物語のようである。

「慣るる間《ま》の」は、度々《たびたび》逢っているうちに情が移っての意。他の本には

「なるるままの」ともあるが、＊校訂《こうてい》した本文にしたがう。

「厭ひがたくぞ今はなりぬる」は、「厭ひがたくなりぬ」という表現を強調したのである。「今は」を追加し、係助詞「ぞ」の関係で結びが「ぬる」となるのである。

離れがたい気持ちになってしまっている「今」を基点に、出会いにさかのぼり、その頃のよそよそしさを振り返りながらも、時間の経過とともに徐々に深まる今までの二人の関係をたどったもので、上句と下句とが恋をする心の動きをたどり、結果として対比的に叙されたものである。

こうした、あたかも時系列《じけいれつ》のように恋の始まりから今に到る点をうたうのは、説明的にもみえるが、恋愛の微妙な点も捉えて真率《しんそつ》に表現しているところは、門院の恋歌の特徴がよく表われている。

門院は、様々な恋の場面、男女の複雑なありようを題詠によりうたう。特に自分や相手の心の動きそのものに関心を寄せるために、必ずしも現実にあった恋愛とは思われないものまでもうたう。これは、京極派和歌の指導者の為兼が、「心」の分析、特に恋愛心理の分析に熱心であったことによるであろう。

＊校訂―古典の本文の誤りを訂正すること。

43

憂《う》きも契《ちぎ》り辛《つら》きも契りよしさらば皆《みな》あはれにや思ひなさまし

【出典】風雅和歌集・恋三・一一六四

恋がままならず、晴れない気持ちになるのもあの人との縁であり、冷たい様子に恨めしく思うのもその人との縁であるのかな。もしそうならば、皆いとしくあわれなものに思いこんでみようか。そう思えるかわからないけれども。

【詞書】題しらず。

【語釈】○あはれにや—「や」は詠嘆。「あはれに」は「あはれなり」の連用形。○思ひなさまし—「まし」は反実仮想の助動詞。「もし～だったら～だつたろう」の意。「思ひなす」は

いわゆる大人の恋とでもいえるのであろうか。

上句の「憂きも契り辛きも契り」は、憂き思いも契り、辛《つら》き思いも契りという意。形容詞「うし」は自分の内に向って恨めしく思う意を表わす。また形容詞「つらし」は外に向って責める語感がある。

恋をしている最中《さいちゅう》、相手とのことではままならない。上句は、憂きこともありまた恨めしく思うことも起こるのを、これもあれもその人との縁《えん》・契りに

よるものだと思い切り、もしそうであるならばと仮定したもの。下句ではその仮定を受けてみな愛《いと》しくあはれなものに思いさだめてみようか、と自分なりの新しい覚悟を示すのである。もっとも下句は、「よしさらば」と呼応する反実《はんじつ》＊仮想《かそう》「まし」による表現なので、事実としては有り得ないという含みをもつ。

恋愛の最中にはさまざまな事態が起り、それらに人も我も、思いが交錯《こうさく》する。そうした恋愛の一つがうたわれているが、この時「契り」という観念が鍵になってくる。「契り」は、変わることのない約束や夫婦の縁などを表わす。前世からの宿縁《しゆくえん》を示すこともある。恋歌の「契り」とは男女の仲の契りである。そして「憂きも契り辛きも契り」とあるように、「契り」を繰り返し同じ言葉を使う「同事」をいとわないところに、京極派和歌の表現上の特徴が出ている。

なお「憂し」は、和歌的心情を表す中心的語彙といわれ、ままならぬ恋心の苦しさを表す言葉として盛んに使われた。門院の例を一つあげる。

＊かくばかり憂きが上だにあはれなるあはれなりせばいかがあらまし

この歌にも「せば〜まし」という反実仮想の表現が使われているが、これはまだ恋をさまざまに思い描くような若々しさが感じられる。

思い込む、ある考えを定める。

＊反実仮想―事実に反する事態を仮定して、そのもとである状態を想像する推量表現。

＊かくばかり憂きが…―玉葉集・恋四・一七〇四。

44

今日《けふ》はもし人もや我を思ひいづる我も常《つね》より人の恋《こ》ひしき

【出典】風雅和歌集・恋四・一二三三

今日は、もしかすると、あの人もわたしのことを思い出しているのではないか。わたしもいつもよりあの人が恋しくてたまらない。

【詞書】恋のこころを。

【語釈】○人もや我を思ひいづる—あの人も私のことを思い出しているのでないかしら。係助詞「や」は疑問に詠嘆の気持ちも添える。

この歌には、恋の最中に相手との固いきずなを感じ合っている「相思《あひおも》ふ」二人がいる。古語《こご》「相思ふ」は、互いに思い合い慕《した》い合《あ》うことを意味する。初句の「今日」とは、あの人が訪れると約束している日のことであろう。一首は、もしかすると今日は、あの人もわたしのことを思い出しているのかしら、と相手の心を推し量り、自分が相手のことを思っている気持ちを表す。それというのも、何時もよりもあの人が恋しくてたまらないからだ、というのである。

なにゆえに今日はいつもよりも人が恋しいのか、自分でもわからない。その理由の説明は一々必要ないのである。自分の気持ちにもとづく確信を、そのままに表わす。

この歌は、上句では恋する心を、自分の方からの片思い・片恋《かたこ》いだけでなく、先ず恋しい人の心の方から見つめてうたう。自分が恋しい思いを強く抱く時は、相手が自分を思い出しているに違いないとさえ感じている。

下句に「我も常より人の恋しき」とあるように、恋人とのつながりを自分が恋人をいつもよりも深く思う心から確信する。口調は、きっぱりとしていて、揺《ゆ》るがない心を表わしている。自分とあの人とは「相思相愛」にちがいないのである。

「人もや我を」といい、「我も常より人の」というように、人と我とが一組となり、同じ言葉をいとわずに繰り返し用いていく。あの人と自分とを、つねに対比して発想し、それを率直に表現するというのは、門院の恋歌に多い。「我も人も」の歌は先に挙げた(41)。

45

常《つね》よりもあはれなりしを限りにてこの世ながらはげにさてぞかし

【出典】〔出典〕風雅和歌集・恋五・一四〇五

あの人と、いつもよりもしみじみと深く心を通わしたのを最後として、この世に生きている間は、本当にこのままで会わずに終えることだなあ。

【詞書】絶恋のこころを。

【語釈】○あはれなりしを—しみじみと心を通わしたのを。○この世ながらは—この世に生きていながらは。○さてぞかし—そのままでいることであるよ。「ぞかし」は強く念を押す。

題の「絶恋」が「絶ゆる恋」[*]ならば、自然と縁が切れる恋の意である。恋が遂《つい》にたどり着く末期的段階であろう。

一首は、「常よりもあはれなりし」逢瀬を最後として、この世でいながらは会うこともないと確信してしまうというのである。二人が、自然に会わなくなるという別れは、いうにいわれぬ悲しい別れであろう。

歌い出しの「常よりも」からすでに、日頃とは違う特別な事態が暗示されるが、恋人との逢瀬が一転して別れになる悲劇は、あらかじめ気づいていたからなのであろうか、それを「限りにて」と冷静にうたっている。下句からは二人の関係を諦《あきら》めたような気《き》分《ぶん》さえも感じられる。

恋歌の題に「絶恋」があるのは、実際に「絶恋」が多かったからであろう。恋が芽生えて、「絶え絶え」の断続的な関係から、すっかり絶えた恋となる。恋の終わりはひたすら男を待つ女にとって、支えとなる頼りがいなくなることでもあり、独りになる悲しみは深い。

恋歌の題は、様々な恋の場面を設定するが、門院の恋歌は、題詠とはいえ、恋に悩む人の内面の分析と描写《びようしや》に特徴があった。

なお初句「常よりも」に始まる門院の詠《えい》は既に16にあげたが、恋歌には次の『玉葉集』入集歌がある。

常よりも涙かきくらすをりしもあれ草木をみるも雨の夕暮（一四七二）

いつもよりも涙に泣きぬれている折も折とて、草木を見れば泣いているようにも見える。雨の夕暮よ、という意。

これは、題「寄雨恋」をうたったものだが、恋する人の心を周《まわ》りの景から感じられる情趣《じようしゆ》とともに表現しているところに特徴がある。

＊絶ゆる恋―「絶ゆ」は自動詞的。「絶つ恋」であれば他動詞的で意志的に断ち切る意。

46

時しらぬ宿《やど》の軒端《のきば》の花ざかり君だに訪《と》へな又誰《たれ》をかは

【出典】風雅和歌集・雑上・一四七八

世の中の時の移り変わりも知らず春がきては咲くわたしの家の軒端の花盛りを、あなただけでもせめて訪ねてきてください。一体だれをたのめましょうか、あなた以外にはおりません。

詞書《ことばがき》のように、暦応《りやくおう》二年（一三三九）の春、門院は「君」すなわち*花園院《はなぞのいん》へ、来訪をうながすこの歌を桜の枝に付けて贈った。

門院の歌は、手紙と同じように用件を率直に述べている。春を待ち、花も盛りとなれば、人恋しくもなる。それゆえ、下句では「君だに訪へな又誰をかは」と直接的に訴える。花園院は門院にとってこの頃では数少ない身内《みうち》であった。

【詞書】暦応二年の春、花につけて奉らせ給ひける。

【語釈】○み山がくれ―山深く隠れることから、ここでは俗世から出家すること。

*花園院―第九十五代の天皇。伏見天皇の第三皇子。在位十年で大覚寺統の後醍

いわゆる*南北朝《なんぼくちょう》の対立の頃の暦応二年、六十九歳の門院は西園寺《さいおんじ》北山第《てい》を御所《ごしょ》としていた。一時期、北山第に居られた花園院はすでに出家している。いろいろな困難を万事承知したうえでも、なお門院の方から花園院に会うことを切望していた。

花園院からの「御返し」は次の歌である。

春うときみ山隠れのながめゆゑとふべき花のころも忘れて（一四七九）

華やぐ春に疎《うと》くなった、山深く隠れ住む出家の身の、日頃の物思いゆえに、お訪ねをするべき花の時節も忘れてしまいまして、という意。

花園院のこの返しは、母である門院に直ぐに会いに行くのもままならぬのであろう、訪ねる時節を失ったという言い訳めいてみえる。花園院はこの時四十三歳。建武《けんむ》二年（一三三五）に出家して隠栖《いんせい》し、延元《えんげん》二年（一三三七）にはその地に妙心寺《みょうしんじ》を創建《そうけん》している。「御返し」を見た女院は、ひどく寂しい思いにかられたことであろう。

この時期の、門院と花園院とのもう一組*の贈答歌が『*新拾遺集《しんしゅういしゅう》』春下にある。この贈答歌と同趣旨のものである。

醐天皇に譲位。

*南北朝の対立―建武三年（一三三六）、後醍醐天皇は京から大和の吉野に入り朝廷とする（南朝）が、京には持明院統の天皇が立ち（北朝）、南北の朝廷が対立した。

*もう一組の贈答歌―暦応二年の春、花につけて西園寺より奉らせ給うける

永福門院

咲き散るもしる人もなき宿の花いつの春までみゆき待ちけん（一一五）

御返し　花園院

世々をへて御幸ふりにし宿の花かはらぬ色も昔恋ふらし（一一六）

*新拾遺集―第十九番目の勅撰集。作者の没後二十二年の貞治三年成立。

47

かくしてぞ昨日《きのふ》も暮れし山の端《は》の入り日の後《のち》に鐘の声々《こゑごゑ》

【出典】風雅和歌集・雑中・一六六六

このようにして、昨日も一日が暮れた。今日も暮れてゆく今しも、山の端に日が入る後には、あちこちの寺から入相の鐘の声が聞えてくるよ。

【詞書】雑御歌の中に。

門院は、昨日も今日も、山の端に入り日が沈むのをながめつづけ、入相《いりあい》の鐘に耳をすましていたのであろう。まずは無事に過ごした一日を、しみじみと受け止めているようである。この歌はこうした毎日の過ごし方を、そのままに飾らずに詠むのである。

上句は通常の「かくしてぞ今日も暮れし」という言い方ではなく、「昨日も暮れし」とあって、一見奇異な表現にみえる。これは昨日も今日も、おそらく明日も、このようにして、一日を終えるのだなあという感慨《かんがい》をもつゆえに生まれた新しい表現ではなかろうか。門院独自の表現といってよい。

夕景を好んでうたう門院だが、「山の端の入り日」と「鐘の声々」をうたうところには、夕景色と鐘の声にひたると同時に、*西方浄土《さいほうじょうど》の往生《おうじょう》を願う気持ちもにじみ出ているようである。現世《げんせ》から来世《らいせ》へと、門院の思いはおのずとひろがっているのであろう。

晩年の門院は、里である*西園寺《さいおんじ》北山第に移り住んでいた。後醍醐《ごだいご》天皇の時代の大覚寺統は、上げ潮であったのに比べて、持明院統は、伏見院の没後は息を潜《ひそ》めて暮らしているような情況であった。両統《りょうとう》の対立のなかで門院は後《ご》伏見院《ふしみいん》や花園院の母として持明院統の精神的な柱として生きつづけていた。

そうした晩年の心境をうたったと想われる歌を『百番御自歌合』からあげる。

*昔とは遠きをのみは何かいはん近き昨日もけふはむかしを

*来《こ》し方をしのぶ涙の玉くしげふたたびあはぬ時ぞ悲しき

ここには昨日今日と心をゆれ動かし、「昔」すなわち再びもどってこない「時」を想っては涙している門院の心が詠まれているといえよう。

＊西方浄土—西方のはるかかなたにある阿弥陀《あみだ》仏の極楽浄土。

＊西園寺北山第—京の北山にあった西園寺家の別邸。46参照。

＊昔とは遠きを…—『百番御自歌合』九十八番左の歌。

＊来《こ》し方をしのぶ…—同九十八番右。新千載集・雑下・二一一一にも載る。「玉くしげ」は「ふたたび」にかかる枕詞。

48

山あひに下《お》り静《しづ》まれる白雲のしばしと見ればはや消えにけり

【出典】風雅和歌集・雑中・一六八五

山と山との間に低く下りてきて静まっている白雲は、しばらくそこにとどまっているかと見ていると、早くも消えてしまったことだなあ。

【詞書】雲を。

【語釈】○山あひに―山と山との間に。○おりしづまれる白雲の―下りて動きもなく静まっている白雲が。○はや消えにけり―早くも消えてしまったことだ。

「雲」を題としてうたう。門院の歌には、雲をはじめ天象の風・雨・嵐・雪などが歌題《かだい》として繰り返しうたわれている。

この歌では、門院の眼は遠くの山あいに低くたれこめる白雲に注がれ、しばらく見ていると白雲が消えてしまった、という一瞬の情景を捉える。白雲の刻々と変化する有様《ありさま》を見逃さずに捉えていく。上句で示している空に浮かぶ白雲は、山と山との間の山あいに低くとどまっているが、下句では「しばしと見ればはや消えにけり」と歌っている。

和歌の伝統では、「山あひ」は、枕詞《まくらことば》「足ひきの」を受けてうたわれる例が多い。また「白雲の」は、枕詞では「立つ」や「絶ゆ」にかかるが、この門院の歌では「山あひ」も「白雲」も枕詞として使われていない。

また「しばし」「はや」「にけり」というように、時の推移、一瞬の変化を表す言葉が畳みこまれて使われている。「しばし」については、この語を用いる歌が門院には他に九首確認されるので、門院の時間感覚の傾向を示す特有の語といえよう。

門院の歌は日常語の連《つら》なりとも思える程に、修辞や伝統的な歌言葉とは無縁の表現からなっている。ここでは遠景に絞《しぼ》られた対象を見つづけて、その対象の様相、変化を捉えて、率直に写生的に表現していく。門院の自然観照による叙景歌の特色がよく出ている一首といえよう。

なお、この歌は『百番御自歌合』九十二番左にもあり、出典の『風雅集』や『百番御自歌合』では、第五句を「消えにける」とする一本もある。「消えにける」は、やや余韻《よいん》の残る情緒的な表現になるが、「消えにけり」の方が、消えてしまったことを、きっぱりと表現していて、この歌にふさわしいと思われる。

御ぐしおろさせ給ひて秋のはじめつかた、永福門院に奉らせ給ひける　後伏見院御歌
秋をまたで思ひたちにしこけ衣いまより露をいかでほさまし
御返し　永福門院

49
思ひやる苔《こけ》の衣《ころも》の露かけてもとの涙の袖《そで》や朽ちなむ

【出典】風雅和歌集・雑下・一九四五

わたしを思い遣るあなたの苔の衣の露がわたしの袖にかかって、もとより涙もろいわたしの袖はきっと涙で朽ちてしまうことでしょう。

【語釈】○秋をまでで―不本意にも戦乱で出家が早められたことにかけて、うたう。○おもひたち―「たち」は「思い立ち」と「裁ち」の掛詞。○こけのころも―こけ衣。僧の着る粗末な衣。○もと―本来。もともと。

後伏見《ごふしみ》院の贈歌《ぞうか》では、ご出家なされた秋の初めのころ永福門院にさし上げあそばした御歌と詞書にあり、御歌は、秋を待たないで止むをえず思い立って（裁って着て）しまった出家の身の粗末な衣に、これから下りる秋の露を、どうして乾かそうか（涙でぬれて乾きそうもない）、とある。

後伏見院は養母《ようぼ》の門院に育てられ、伏見院の次に即位した。後伏見院のあとの持明院統の皇統は光厳《*こうごん》院に継がれる。いわゆる北朝である。

時に元弘《げんこう》三年（一三三三）六月、後伏見院は四十六歳で出家する。元弘の変*の後に幕府が滅び、後醍醐院が隠岐《おき》より還幸《かんこう》し建武の新政《けんむのしんせい》*を始めるにおよび、光厳院は廃され後伏見院は出家することにいたったのである。このようなやむをえず出家せざるをえない思いを後伏見院は門院に贈るのである。

門院の御返しのこの歌は、後伏見院の贈歌の「思ひたちにし苔衣」「露」を受けて、「思ひやる苔《こけ》の衣」「露」と返している。門院は、わが子の一大事である出家については、母としてなすすべもない。往事《おうじ》をしのんでただ涙で袖をぬらす毎日であり、きっと袖も涙で傷《いた》み朽《く》ちてしまうだろうとうたったのである。

出家は、生きながら俗世を離れ、恩愛を断ち、一切を捨てることを意味する。門院はわが子の行く末《すえ》を案じ悲痛の思いのなかで、その悲しみをしっかりと見据《みす》えてうたう。

*光厳院—後伏見院の皇子、北朝第一代の天皇。
*元弘の変—後醍醐天皇は鎌倉幕府を討伐しようと企てたが幕府に攻められ、天皇は隠岐に遷された事変。
*建武の新政—建武の中興。後醍醐天皇が幕府を倒して京都に還幸し、天皇親政を復活させた。

50

忘られぬ昔語《むかしがた》りも押しこめて終《つひ》にさてやのそれぞ悲しき

【出典】風雅和歌集・雑下・一九五〇

忘れられない昔話も、わたしは心の奥に押し込めて、とうとうそのまま死んでしまうのかと思うと、それが本当に心残りでかなしいことです。

詞書に「御心地例ならざりけるころ」とあることから、門院が病床に臥している時の歌とわかる。門院の最晩年の詠であろうか。

世の中が激しく変わり、近親者も世を去り、わが身は病床にいながら来《こ》し方を振り返って涙する。今はすぐにでも語り合いたい内侍とも会えず、会いたいという思いを心にしまい込んでは孤独な日々を送っている。

そうした思いを、内侍に伝えたい一心でこの歌を詠んだ。上句は、門院と

【詞書】内侍《ないし》都のほかに住み侍りけるに、御心地例ならざりける頃つかはされける。

【語釈】○内侍—天皇の側に仕える女官。ここでは永福門院内侍を指す。早くから門院に仕えていた。この頃は播磨で伏見院皇女を養育

内侍の二人にとって忘れられない過去の思い出を語りつづけることもできず、日々独りで内々に「押しこめて」いることの寂しさ、悲しさを吐露《とろ》している。

そして下句では「終《つひ》にさてやの」それが本当に悲しいことだと、係り結びで強調して結ぶ。みずからの命の終わり、死の予感めいたことは具体的に示さず、「つひに」「さてや」「それぞ」ということばで、暗《あん》に語るだけであるが、二人の間ではこれで十分に伝わるのであろう。

「つひに」という語は、とうとう・ついにの意で、かの在原業平《ありわらのなりひら》の辞世《じせい》*「つひに行く道とはかねて聞きしかど昨日今日とは思はざりしを」を想起させる。病《やまい》をおして内侍に遣わしたこの消息《しょうそく》は、門院の、いわば辞世の歌にあたるといってもよいだろう。この一首には、人間永福門院の真率《しんそつ》な思いが込められている。*内侍の返しの二首も、門院の深い悲しみを受けとめている。

『風雅集』は『玉葉集』にならって哀傷歌という部立《ぶだて》を立てず、雑歌下に出家や死を弔《とむら》う歌がつづけられているが、門院のこの歌はその雑下の後半部に配されている。しかも門院の『風雅集』中の最後の歌でもある。

していた。『玉葉集』十二首入集。○御心地例ならざりける頃—心身が病気におかされていた頃。○さてや—さては、死ぬのか。「や」は疑問の意。

*つひに行く道とは……—業平が病で危篤になって詠んだ歌。古今集・哀傷歌・八六一。

*内侍の返しの二首—風雅集・雑下。
はるけずてさてやと思ふ恨みのみ深き歎きにそへて悲しき（一九五一）
あはれそのうき果て聞かで時の間も君に先立つ命ともがな（一九五二）

歌人略伝

永福門院は、鎌倉後期に伏見院の中宮となり、激動の南北朝時代を生きた女流歌人である。文永《ぶんえい》八年（一二七一）に太政大臣西園寺実兼の娘鏱子《しょうし》として生まれ、康永《こうえい》元年（一三四二）に七十二歳で崩御した。和歌に関しては、伏見院の信頼厚い京極為兼が唱える新風和歌・京極派和歌の詠作に努める。為兼は、当代主流の二条派とは異なり、心に思うことをそのままに歌うことを主導していた。永福門院は伏見院に導かれ、側近たちとともに歌会・歌合で研鑽を積む。永仁六年（一二九八）に為兼が失脚し佐渡に配流になった間も歌会はつづけられており、為兼の帰洛後にはますます活動が盛んになる。これらは正和《しょうわ》元年（一三一二）為兼撰の『玉葉集』に実る。門院は四十九首入集。この間、皇統対立の時代のなかで、永仁六年（一二九八）に伏見院の退位、出家と文保《ぶんぽう》元年（一三一七）の崩御、さらには猶子《ゆうし》の後伏見院の退位・出家・崩御、肉親の死去、また為兼の再度の失脚と配流や南北朝の争乱等々を間近に体験した。こうした世の無常を目の当たりにする人生経験は、自己に沈潜し外界を見つめる眼を研ぎすまし、その詠作にさらに反映していったと思われる。南北朝という未曾有の世であったが門院の死後に花園院・光厳院によって『風雅集』が編まれる。門院の歌は伏見院に次いで六十九首の入集を果たす。作品に『永福門院百番御自歌合』がある。『新後撰《しんごせん》集』初出。

略年譜

年号	西暦	年齢	永福門院の事跡	歴史事跡
文永八年	一二七一	1	永福門院（藤原鏱子）誕生	
建治元年	一二七五	5		皇子熙仁（伏見院）、皇太子となる。
正応元年	一二八八	18	入内。伏見院中宮となる。	
正応二年	一二八九	19	皇太子胤仁の養母となる。	
永仁五年	一二九七	27	八月十五夜歌合に出詠。	
永仁六年	一二九八	28	伏見院譲位、後伏見院即位。院号を受け永福門院となる。	為兼、佐渡へ配流。
正安元年	一二九九	29	父の西園寺実兼、出家。	
正安三年	一三〇一	31	後伏見院譲位（後二条院践祚）。	
乾元二年	一三〇三	33	仙洞五十番歌合に出詠。	為兼、帰洛。『新後撰集』成る。
嘉元三年	一三〇五	35	永福門院歌合を行う。	
徳治三年	一三〇八	38	花園院即位（後二条院崩御）。	
正和元年	一三一二	42	為兼撰『玉葉集』成る。	

正和二年	一三一三	43	伏見院、出家する。	為兼、出家。
正和五年	一三一六	46	永福門院、出家する。	為兼、土佐へ配流。
文保元年	一三一七	47	伏見院、持明院殿にて崩御。	
文保二年	一三一八	48	花園院譲位（後醍醐院受禅）。	
元応二年	一三二〇	50		『続千載集』成る。
元亨二年	一三二二	52	西園寺実兼死去。	
正中二年	一三二五	55		『続後拾遺集』成る。
元弘元年	一三三一	61	光厳院践祚。	元弘の変。
元弘二年	一三三二	62		為兼死去。
元弘三年	一三三三	63	鎌倉幕府滅ぶ。光厳院廃される。後伏見院出家。	
建武元年	一三三四	64		建武の中興。
建武二年	一三三五	65	花園院出家。	
建武三年	一三三六	66	後伏見院崩御。尊氏、光厳院を奉じて入京。光明院践祚。	尊氏、幕府を開く。後醍醐院吉野に移る。
暦応二年	一三三九	69		後醍醐院崩御。
康永元年	一三四二	72	永福門院、北山第にて薨去。	
貞和二年	一三四六		光厳院親撰『風雅集』の竟宴。	

解説　「清新な中世女流歌人」――小林守

はじめに

世に「万葉・古今・新古今」といわれる。そして『新古今集』の後は、一足飛びに明治時代に正岡子規《しき》が短歌の革新をした！　というように語られる。はたして和歌の歴史はこれで語り尽くされるのであろうか。

永福門院は、『新古今』以後の中世和歌の中で、『玉葉』『風雅』という勅撰集に結晶する京極派和歌の中心的歌人である。伏見天皇の中宮として鎌倉後期から幕府滅亡、南北朝の争乱の中を生き抜き、繊細な感覚から清新な和歌をうたっている。和歌の歴史の中で特筆されるべきであろう。

西園寺家の姫君

永福門院は文永八年（一二七一）誕生。名は鏱子《しょうし》。父は太政大臣西園寺《さいおんじ》実兼《さねかね》、母は内大臣久我《こが》通成女の顕子である。生家の西園寺家は、京の北山、今日の金閣寺一帯に邸宅を構えて権勢を誇っていた。誕生したのは亀山院の御代、鎌倉幕府の執権が北条時宗、蒙古襲来があった頃である。父の実兼《さねかね》は、関東申次《かんとうもうしつぎ》（京の朝廷と幕府との仲立役）であり、伏見院の春宮《とうぐう》時代に春宮大夫《とうぐうだいふ》である。正応四年（一二九一）に太政大臣となる。

当時、皇統は後深草院《ごふかくさ》（持明院統）と亀山院《かめやま》（大覚寺統）の二つがあり、実兼は二つの皇統に娘を入内《じゅだい》させる。鏱子の妹には亀山妃・昭訓門院や後醍醐后・後京極院がいる。鏱子は西園寺家の期待を背負い、后《きさき》がね（お后候補）として養育される。

正応元年（一二八八）三月、伏見院が即位すると、永福門院は六月に女御《にょうご》として入内し、八月に中宮となる。『増鏡』には、この入内や立后の様子が詳しく語られている。入内の日の夕方に、京極派和歌の指導者である頭中将京極為兼が伏見院の御消息を持参している。

京極為兼の歌論

京極為兼は、京極為教《ためのり》の子であり、伏見院の春宮時代の弘安三年（一二八〇）から出仕している。二条為氏の子の為世とは対抗していた。二条為世は大覚寺統、京極為兼は持明院統という立場でもあった。為兼は革新的な和歌を唱えており、その歌論は「為兼卿和歌抄」にまとめられている。

歌論では、繰り返し「心」重視を説く。和歌における「心と詞」は、歌の道における争点であったが、為兼は「心」を尊重する。しかも、「万葉の比は、心におこる所のままに同事《どうじ》ふたたびいはるるをもはばからず、褻晴《けはれ》もなく、歌詞、ただの言葉ともいはず、心のおこるに随而《したがひて》、ほしきままに云《い》ひ出《いだ》せり」と、『万葉集』にさかのぼり、「心」を尊重し、「詞」も王朝和歌に限定しない。「万葉集の詞」にて詠むということも試み、また高山寺の明恵上人の言葉も引くなど、心に思う事はそのままに詠むことを強調する。

そして、花や月、朝や夕の景物や対象について「その事になりかへり、そのまことをあらはし」と説き、題の心になりきって歌うことの重要性を説く。為兼の歌論は「ことばにて心をよまんとすると、心のままに詞のにほひゆくとはかはれる所あるにこそ。」という主張であり、「心」最重視である。

入内の後、永福門院は新風の実作に努めている。その中で注目すべき例がある。正応・永仁年間成立の「歌集残簡」によれば、伏見院・永福門院と京極為兼・為兼姉の為子《ためこ》・永福門院女房の五人が、『後撰《ごせん》集』や『和泉式部集・続集』の詞書をもとに、恋の贈答歌を詠み合っている。題詠が作歌の主流であった時代に、歌の詞書を歌題のように扱う斬新な試みの中で、「心」重視の作歌につとめていたといえよう。

歌合に出詠

永福門院出詠の歌合の初期のものとしては永仁五年（一二九七）「八月十五夜歌合」がある。伏見院を中心とした十六名による歌合で、寄月秋・寄月恋・寄月雑の三題のもと、それぞれに新風の和歌を詠み合う。門院の作をあげる。

　あはれとめしその夜の空を忘れかねてつきせぬ恋になるる月影　（十二番寄月恋左）

　判「左、上下あひかなひて、心深く、詞いとよろしく侍るべし」。

　昔よりいく情けをかうつしみるいつもの空にいつもすむ月　（二十番寄月雑左）

　判「心をかしくもことばめづらしく侍る」

恋歌では、字余りでも、月に寄せる心と詞が評価されている。また雑歌では「いつも」など同じ詞もいとわずに「心」のままに、歌言葉と違う珍しい「ただ言」を用いて思い切った表現をしている点が評価されている。晴《はれ》の十五夜歌合で永福門院は臆することがない。

この翌年、為兼は失脚し、佐渡に配流される。さらに七月に伏見院が譲位し、後伏見院が皇位を継ぎ、八月に中宮が院号を受けるという事態が起る。後伏見院は、門院が入内の翌年に猶子《ゆうし》とした皇子胤仁《たねひと》である。

この為兼不在の間にも、伏見院のもとでは多くの歌会が催され、門院も出詠する。

さらに、皇統の対立のなかで正安《しょうあん》三年（一三〇一）、持明院統の後伏見院は譲位し、大覚寺統の後二条院が践祚《せんそ》する。大覚寺統の治世となって二条為世撰の勅撰集『新後撰集』が成る。永福門院は、初めて勅撰集に三首入集する。

おのづから氷り残れるほどばかりたえだえに行くやま河の水（新後撰・冬）

伝統的な和歌といえる詠みぶりで、為世の考える「平淡美」に通う歌である。

京極派歌風の確立

乾元二年（一三〇三）四月、為兼が佐渡より帰洛する。直後に伏見院による『仙洞五十番歌合』、『五月四日歌合』が催され門院も出詠する。まず「仙洞五十番歌合」から。四十番冬雲、左である。

風の音のはげしくわたる梢よりむら雲さむき三日月のかげ

判「左、心詞優にして尤《もっと》もよろしきよし満座褒美《ほうび》」

また「乾元二年五月四日歌合」からも一例。十番夏夜、左。

月もなきあま夜の空の明けがたに蛍のかげぞ軒《のき》にほのめく

判「左歌、心詞優美にして初終《はじめをはり》とどこほり侍らず、秀逸の由満座之を申す」

門院の冬や夏の歌は、「心詞」の「優」である点が満座の賞賛を浴びている。

これらは、対象を凝視し観照する中から、見たままありのままを初めから終りまで滞らずに歌うという特色がある。新古今的な歌に多い、本歌取りや掛詞・縁語などの修辞を用いない。京極派和歌の特色が萌芽しており、「風の音の」の歌は『玉葉集』に入る。この年は「伏見院三十首歌」や伏見院と為兼の秀歌による「金玉《きんぎょく》歌合」が行われており、この頃に京極派歌風は確立されたといわれる。永福門院も自ら歌合を主催している。嘉元三年（一三〇五）に門院・親子・内侍・新宰相の女流のみの「恋」題十首によるものである。

『玉葉集』の歌人として

京極派和歌の精髄は、『玉葉集』に結実していく。延慶《えんぎょう》元年（一三〇八）後二条《ごにじょう》院崩御、持明院統の花園院が践祚《せんそ》、伏見院の治世となり、下命を受けた為兼は正和元年（一三一二）『玉葉集』を撰進する。

『玉葉集』に門院の歌は四十九首入集する。特色ある門院の詠歌をあげる。

峰の雪谷の氷もとけなくに都の方は霞たなびく　（春上）
をばなのみ庭になびきて秋風のひびきは峰の梢にぞ聞く　（秋上）
人や変るわが心にや頼みまさるはかなきこともただ常にうき　（恋四）
ものごとに憂へにもるる色もなしすべてうき世を秋の夕暮　（雑一）

自然詠では、物事を対比し、時間的な推移を見逃さず、修辞のない平易な言葉を用いている。また恋歌では恋愛心理を分析し、心のありようをうたう点に特色を持つ。

『玉葉集』成立の翌年に伏見院は出家、為兼も出家する。

持明院殿の門院

正和五年（一三一六）、幕府に再び捕えられた為兼は土佐へ配流となる。『徒然草』に「為兼大納言入道召し取られて」と兼好が記す事件である。この六月に門院は出家する（法名真如源）、四十六歳。翌、文保元年（一三一七）九月に伏見院は持明院殿にて崩御。文保二年には花園院が譲位。後醍醐院が践祚《せんそ》して、大覚寺統の世になる。門院に次々と不幸が襲いかかる。

この後、文保三年から正中《しょうちゅう》二年頃まで、門院は後伏見院・広義門院と花園院とともに持明院殿で暮らしている。持明院殿は後深草院の御所、今日の京都市上京区にあった。ここでは伏見院の追善を欠かさない。その中で門院主催の歌合もしばしば行われ、京極派の活動が展開していく。門院自らも判者となることもあった。『花園院宸記《しんき》』には歌合の記事が散見するが、詠作は今日伝わっていない。

大覚寺統の治世のもとで元応《げんおう》二年（一三二〇）に為世が『続《しょく》千載集』を独撰、さらに正中二年（一三二五）に『続《しょく》後拾遺集』が為世の子の為藤と為定の撰で成る。

この『続千載集』に門院の歌が十一首入集するが、その内の一首が問題となった。『花園院宸記』正中二年の記事によると、門院の詠作を改変しているのを門院が知り、削除を求めるが、選者為世は応じない。永福門院と為世との和歌についての見解の違いがあらためて明らかにされた。

その後の『続後拾遺集』撰集時に、門院は協力をこばむために、京極派歌人の入集はきわめて少ない。門院の入集は二首のみである。

西園寺北山第に移住

最晩年の門院は、正中年間に西園寺北山第に移り住み、以後は持明院統、京極派和歌の中心となる。門院は、伏見院・猶子の後伏見院・花園院・光厳院とつづく持明院統の運命はもとより、為兼の失脚、配流。加えて肉親の死去などを間近に体験する。世の無常、死を目の当たりにする経験は、自己に沈潜して外界を見つめる眼を研ぎすまし、和歌の詠作に反映していったと思われる。悲しみも「ただ言」でうたうなかで、歌境は一段と深まる。

こし方を忍ぶ涙の玉櫛笥《くしげ》再びあはぬ時ぞ悲しき　（新千載集・雑下）

康永元年（一三四二）五月七日、永福門院は北山第にて薨去《こうきよ》。七十二歳。帰依していた京の岩《いわ》倉《くら》の大雲寺に葬られる（竹むきが記）。

風雅集の歌人として

南北朝の対立という未曾有《みぞう》の世にあって、門院薨去後の貞和《じようわ》二年（一三四六）十一月、光厳院親撰、花園院による和漢序の整った京極派和歌の勅撰集『風雅集』の竟宴《きようえん》が行われた。門院は六十九首入集する。伏見院に次ぐ集中第二位であり、京極派女流歌人の筆頭である。

『風雅集』にある永福門院の歌をあげる。

花のうへにしばしうつろふ夕づく日入るともなしに影消えにけり　（春中）
群雀《むらすずめ》声する竹にうつる日のかげこそ秋の色になりぬれ　（秋上）
さむき雨は枯れ野の原にふりしめて山松風の音だにもせず　（冬）
今しもあれ人のながめもかからじを消ゆるも惜しき雲の一むら　（恋四）

『玉葉集』において示された京極派和歌の特徴は、『風雅集』において一層鮮明となる。門院の歌も、すぐれた冬歌をはじめとする自然観照歌や恋愛心理の分析をへた恋愛観照歌となって、これまでにない、繊細な感覚から生みだされる清新な和歌となっている。

終わりに

永福門院の和歌で現存するものは、約四百首である。

a勅撰集に入集したものが計百五十一首。

b私の家集ではないが『永福門院百番御自歌合』二百首（文保三年頃までに自撰という説や他選説の他、編集時期にも諸説がある）。

c数々の歌合に出詠した歌。

d私撰集の『臨永集』『松花集』『藤葉集』などに採られたもの。

e歴史物語『増鏡』や中世日記『竹むきが記』、後世の類題集所収のもの。

この中の重複歌を整理すると、一説では永福門院の詠作実数は三百八十七首といわれる。

読書案内

◯

『式子内親王・永福門院』（日本詩人選）　竹西寛子　筑摩書房　一九七二

作家竹西寛子氏が「玉葉や風雅の永福門院の御歌に静かなおどろきを経験した」とされる永福門院の歌の鑑賞・論評。式子内親王と対比もする。

『永福門院　飛翔する南北朝女性歌人』（古典ライブラリー9）　岩佐美代子　笠間書院　二〇〇〇

前著『永福門院　その生と歌』の改訂増補版。永福門院の生涯や『玉葉』『風雅』入集歌の評釈、全作品、年譜、参考文献等、総合的に取り上げる。

◯

『中世の和歌』（和歌文学講座）　有吉保編　勉誠社　一九九四

永福門院に関連するものとして「中世歌壇の展開」井上宗雄、「玉葉集と風雅集」岩佐美代子、「京極為兼と京極派歌人たち」濱口博章、などがある。

『中世の文学伝統』（岩波文庫）　風巻景次郎　岩波書店　一九八五

和歌こそが日本文学をつらぬく伝統、中世文学の主軸という著者が、新古今時代以後の和歌の展開のなかで、玉葉集・風雅集の位置づけをする。

『歌の話・歌の円寂する時　他一編』（岩波文庫）　折口信夫　岩波書店　二〇〇九

他一編は「女流短歌史」。歌人釈迢空《しゃくちょうくう》の折口氏は「歌の話」「女流短歌史」の中で、玉葉集・風雅集の伏見院・永福門院・為兼を高く評価する。

○

『玉葉和歌集』（岩波文庫）　次田香澄校訂　岩波書店　一九八九　第2刷

和歌史の上で玉葉・風雅時代を新古今時代に並ぶ意義深い時代と評価する。流布本として信の置ける近世の版本を翻刻し、解説、初句索引を付ける。

『風雅和歌集』　次田香澄・岩佐美代子校注　三弥井書店　一九八五

『玉葉集』と並び称される勅撰集の翻刻・校注。京極派和歌の特色が凝縮されている。解説、作者略伝、初句索引なども付載。

○

『中世和歌集　鎌倉編』（新日本古典文学大系）　岩波書店　一九九一

本書は、永福門院の「永福門院百番御自歌合《おんじかあわせ》」（糸賀きみ江校注）と京極派和歌を代表する伏見院と京極為兼の秀歌を六十番の歌合にした「金玉《きんぎょく》歌合」（佐藤恒雄校注）を所収する。歌の大意、語注の他、参考歌の指摘をする。

【付録エッセイ】

『国文学への道』（桜楓社　昭和三十三年）

「永福門院」抄

久松潜一

永福門院の御歌を読んで得た印象をまとめて見ると、第一に感ぜられるのは対象に対する真実な見方である。

　さとざとの鳥の初音はきこゆれどまだ月たかき暁のそら　（玉葉集）

題詞には「暁の心を」とあるから、題詠かも知れないが、暁の写実として、真実さがあふれている。

　暁早くめざめて、じっと耳をすますと、方々の村から鳥声がきこえてくる。もはや夜が明けたかと、ふと空を仰ぐと、月は空高くかかって、夜明けにはまだ間があるらしい。こんな感じは誰も経験する所であろう。表現からいうと、少しも飾らない、殊に上句などは何かしら、たどたどしささえ感ずる。それでいて、一首全体の上に見られる暁の姿は生々と感ぜられる。新鮮さがあるのは写実が生きているからである。

　山風の吹きわたるかときく程に檜原に雨のかかるなりけり　（玉葉集）

ざっと音がして来た。また山風が吹いてきたかと思うと、山の檜原に雨があたって音をたて

久松潜一《ひさまつせんいち》（国文学者）［一八九四―一九七六］『日本文学評論史』『久松潜一著作集』。

ているのであった。山の静かな中に眺めた自然観照の質実なたしかさは見のがせない。

花の上にしばし移ろふゆふづく日入るともなしに影きえにけり　（風雅集）

花の上に入日の光がうつっている。その中、ふと気付くと、入日はもう山の端に入ってしまって、その夕映えの光もきえてしまった。夕ぐれの推移するさまが巧みにとらえてある。単なる想像ではない。言葉の幻影ではない。

寒き雨は枯野の原にふりしめて山松原のおとだにもせず　（風雅集）

寒い冬の雨がふっている。草も枯れてしまった野原に、冷い雨はふっている。その枯野からつづいて山松原があるが、その上を雨は静かにふって、物音一つしない。冬の静かさが――それも寂しい静かさが見られるではないか。雪を扱っても、花にまがえるような雪ではない。

鳥の声松の嵐におともせず山しづかなる雪のゆふぐれ　（風雅集）

一面つもった雪に山はまっしろである。時折鳥の声がきこえ、松に嵐がざあっと音するだけで、物おともしない夕ぐれの雪の静かさが感ぜられる。

永福門院の自然観照の御歌はかくの如き写実に徹し、実感をそのままに表現する所に素朴美が感ぜられるが、それが単なる素朴美に止まらずして、感覚的な傾向が見られるのである。たとえば、

まはぎ散る庭の秋風身にしみて夕日の影ぞかべに消えゆく　（風雅集）

を見る。この類歌ともいうべき御歌として、永福門院百番御自歌合の方に

山松の梢の空のしらむままにかべにきえゆく閨の月かげ

とある。「かべに消えゆく」は壁から次第にうすれてゆく光をいったのであろう。前者は秋の夕日が壁にうつっていたのが消えてゆくというのであって、わびしい秋の情緒が感ぜられ、そこに近代的な感覚美がただよっている。後の歌では、夜明けの閨の月かげであって、「壁にきえゆく」という詞も余りきいていないようである。恐らくは前者が最初の御作であろうか。これだけに新しい詞句と、感覚的な表現とをうたわれているのを見ても、素朴美だけでは片づけられない感がする。また前に挙げた

花の上にしばし移ろふゆふづく日入るともなしに影きえにけり

も、これに類した歌が百番御自歌合の中に

夕月日軒ばの影はうつり消えて花のうへにぞしばし残れる

という御歌がある。これも前者の方が遙かにすぐれており、自然でもあって、「入るともなしに影きえにけり」はよく自然を凝視して、その真実をつかんでいると思われるが、ただ素朴な美というよりは、夕映えの光そのものをみつめている点に新しい感覚が見られる。永福門院の御歌には音感覚や色彩感覚に関するものが、それも単色単音であるよりは、複雑な色彩や音をうたったものが多い。夕映えや入日の光の如きはその著しきもので、明るくてどこか暗さのある、花やかそうで寂しみのある感覚である。こういう感覚を常にとらえようとする御態度が見られるのである。

叙景歌として心にとまる歌をもうすこし挙げて見る。

木木の心花ちかからしきのふ今日世はうすぐもり春雨の降る　（玉葉集）

入あひの声する山のかげくれて花の木のまに月出でにけり　（玉葉集）

山蔭や夜のまの霧のしめりよりまた落ちやまぬ木木の下露　（風雅集）
秋霧のむらむらはるる絶間よりぬれて色濃き山の紅葉ば　（新千載集）
霞わたり長閑き暮に河ぎしの柳一もと春風ぞ吹く　（御自歌合）
夕暮の霞につつむ山もとの花とけぶりの里のむらむら　（御自歌合）
小山田のさなへの色はすずしくて岡べこぐらき杉の一むら　（御自歌合）
村鳥の羽音してたつ朝明けの汀のあしも雪降りにけり　（御自歌合）
遠近の里のわたりぞ静なるかよひ絶たる雪の夕ぐれ　（御自歌合）
降雪にしられぬ程に交る雨の暮ゆく軒に音をたてぬる　（御自歌合）

こういう御歌を通して自然観照の真実さと自由さとが見られる。一首一首の歌にそれぞれ焦点があってはっきりした印象を与える。夕ぐれのうすぐらくなった花の木のまからぱっと出た月、秋霧のかかってぼんやりした中に見える燃えるような紅葉の色、さなえの緑の中にくっきり見えるくらい杉の一むら、それぞれ印象がはっきりしている。気分的な情趣よりは感覚で統一してある。「雲の一むら」「槙のひともと」「杉の一むら」等やはり印象を集中せしめるために用いてあるのである。また自然の凝視からその自然の推移を敏感につかんでおられる。「みるままに山は消えゆく」「夕日のかげぞかべに消えゆく」「入るともなしに影きえにけり」の如き、

山あひにおりしづまれる白雲のしばしと見ればはや消えにけり

の如き、自然の動きをみつめておられる。夕ぐれの光、雲の動き、雪の日の静けさなどは何時までもじっとみつめておられたように思われる。門院の御歌を年代的に跡づけられないの

は残念であるが、伏見院の御譲位の時の御歌の

咲きやらぬまがきの萩の露をおきてわれぞうつろふもしきの秋　（玉葉集）

を見ても、伏見院にも種々今昔の御感はあられたであろうが、伏見院の御譲位の後、まして崩御の後には永福門院も御出家として、世をはなれた静かなつれづれの御日を過された事と思われる。そういう静かな御生活の間にあって、自然を心ゆくまで凝視して、そこに歌境を見出された御心持が推測されるのである。

しからば永福門院の抒情的な御歌にあらわれたものは何であろうか。やはりある時の心に現れた真実な感情であると思う。しかしそれは感情そのままを出さないで、その感情の起る事件をも表現しようとするために、複雑な表現となってくるが、それは強いて複雑に表現したのではなく、複雑な素材を表現しようとしたために起る複雑さであると思う。それが表現の難解さにもなっている。

頼めねば人やはうきと思ひなせど今宵も遂にまた明けにけり　（玉葉集）

遂にさても恨みの中に過ぎにしを思ひ出づるぞ思出もなき　（風雅集）

ある場合に起った感情の陰影が出ているが、それだけに複雑さがある。

常よりもあはれなりしを限りにてこの世ながらはげにさてぞかし　（風雅集）

忘られぬ昔がたりもおしこめて遂にさてやのそれぞ悲しき　（風雅集）

の「げにさてぞかし」「遂にさてやの」の如き表現法は極めて多いのであるが、それが空虚さを感じさせないのは実感が内にあるからであろう。しかし、こういう複雑な心境が自然と結びついてある単純さを以ってあらわれる場合もある。

槙の戸を風の鳴すもあぢきなし人知れぬ夜のやや更くる程　（風雅集）

かくしてぞきのふも暮れし山の端の入日のあとに鐘のこゑごゑ　（風雅集）

晴れずのみ心にものを思ふまに萩の花さく秋もきにけり　（風雅集）

の如き静かな抒情味が感ぜられるのである。複雑な感情をもろうとする場合には表現のたどたどしさもないではないが、こういう表現をとると軟らかなリズムが感ぜられる。殊に抒情的な歌でも相聞歌から挽歌にうつると、しみじみとした情感が感ぜられる。ありし日を思うてよまれた

咲きちるも知る人もなき宿の花いつの春まで御幸待ちける　（新拾遺集）

笛竹のそのよは神も思ひいづや庭火の影に更し夜の空　（新続古今集）

には哀愁が惻々として迫るのを覚える。しかしこれらの御歌は玉葉・風雅集に選せられずして、新拾遺・新続古今集に選せられた所を見ても、玉葉・風雅集の歌風とは離れつつあるものであるかも知れない（ただし永福門院の御歌としては年代の遅いゆえもあろう。）私が玉葉・風雅集の歌風として見出そうとしたものも、素朴美の中に感覚味をたたえた傾向であったから。（なお風雅集は伏見院の皇子であられ、為兼の立場を「寔是正義也」（宸記）と言われた花園天皇の御撰であり、玉葉集と同じ立場にたっているが、子細に見れば多少の相違はあり、両集にとられた門院の御歌にも多少の相違は見られるが、ここではふれないでおく。）　（後略）

＊本文は、引用の和歌を除き、常用漢字・現代仮名遣いに改めた。笠間書院編集部

小林　守（こばやし・まもる）
＊1943年東京都生。
＊明治大学大学院修士課程修了。
＊元明治大学文学部非常勤講師。
＊主要編著・論文
『永福門院歌集・全句索引』（大野順一監修・小林守編・私家版）
「玉葉和歌集と六百番歌合」（文芸研究）
「玉葉和歌集の哀傷歌」（同）

永福門院《えいふくもんいん》　コレクション日本歌人選　030

2011年10月31日　初版第1刷発行
2021年7月10日　初版第2刷発行

著者　小林　守
監修　和歌文学会

装幀　芦澤泰偉
発行者　池田圭子
発行所　有限会社　笠間書院
東京都千代田区神田猿楽町2-2-3［〒101-0064］
電話　03-3295-1331　FAX　03-3294-0996
NDC分類 911.08

ISBN978-4-305-70630-0 印刷／製本：シナノ

（本文用紙：中性紙使用）

コレクション日本歌人選　第Ⅰ期～第Ⅲ期

第Ⅰ期　20冊　2011年（平23）2月配本開始

1	柿本人麻呂＊	かきのもとのひとまろ	高松寿夫
2	山上憶良＊	やまのうえのおくら	辰巳正明
3	小野小町＊	おののこまち	大塚英子
4	在原業平＊	ありわらのなりひら	中野方子
5	紀貫之＊	きのつらゆき	田中登
6	和泉式部＊	いずみしきぶ	高木和子
7	清少納言＊	せいしょうなごん	圷美奈子
8	源氏物語の和歌＊	げんじものがたりのわか	高野晴代
9	相模＊	さがみ	武田早苗
10	式子内親王＊	しょくしないしんのう（しきしないしんのう）	平井啓子
11	藤原定家＊	ふじわらていか（さだいえ）	村尾誠一
12	伏見院＊	ふしみいん	阿尾あすか
13	兼好法師＊	けんこうほうし	丸山陽子
14	戦国武将の歌＊		綿抜豊昭
15	良寛＊	りょうかん	佐々木隆
16	香川景樹＊	かがわかげき	岡本聡
17	北原白秋＊	きたはらはくしゅう	國生雅子
18	斎藤茂吉＊	さいとうもきち	小倉真理子
19	塚本邦雄＊	つかもとくにお	島内景二
20	辞世の歌＊		松村雄二

第Ⅱ期　20冊　2011年（平23）10月配本開始

21	額田王と初期万葉歌人	ぬかたのおおきみ しょきまんようかじん	梶川信行
22	東歌・防人歌	あずまうた さきもりか	近藤信義
23	伊勢＊	いせ	中島輝賢
24	忠岑と躬恒	みぶのただみね おおしこうちのみつね	青木太朗
25	今様★	いまよう	植木朝子
26	飛鳥井雅経と藤原秀能★	まさつね ひでよし	稲葉美樹
27	藤原良経	ふじわらりょうけい（よしつね）	小山順子
28	後鳥羽院	ごとばいん	吉野朋美
29	二条為氏と為世	にじょうためうじ ためよ	日比野浩信
30	永福門院＊	えいふくもんいん（ようふくもんいん）	小林守
31	頓阿	とんな（とんあ）	小林大輔
32	松永貞徳と烏丸光広	ていとく みつひろ	高梨素子
33	細川幽斎	ほそかわゆうさい	加藤弓枝
34	芭蕉＊	ばしょう	伊藤善隆
35	石川啄木	いしかわたくぼく	河野有時
36	正岡子規	まさおかしき	矢羽勝幸
37	漱石の俳句・漢詩＊		神山睦美
38	若山牧水★	わかやまぼくすい	見尾久美恵
39	与謝野晶子＊	よさのあきこ	入江春行
40	寺山修司	てらやましゅうじ	葉名尻竜一

第Ⅲ期　20冊　2012年（平24）6月配本開始

41	大伴旅人	おおとものたびと	中嶋真也
42	大伴家持	おおとものやかもち	池田三枝子
43	菅原道真	すがわらみちざね	佐藤信一
44	紫式部	むらさきしきぶ	植田恭代
45	能因	のういん	高重久美
46	源俊頼	みなもとしゅんらい（としより）	高野瀬恵子
47	源平の武将歌人		上宇都ゆりほ
48	西行	さいぎょう	橋本美香
49	鴨長明と寂蓮	ちょうめい じゃくれん	小林一彦
50	俊成卿女と宮内卿	しゅんぜいきょうじょ くないきょう	近藤香
51	源実朝	みなもとさねとも	三木麻子
52	藤原為家	ふじわらためいえ	佐藤恒雄
53	京極為兼	きょうごくためかね	石澤一志
54	正徹と心敬	しょうてつ しんけい	伊藤伸江
55	三条西実隆	さんじょうにし さねたか	豊田恵子
56	おもろさうし		島村幸一
57	木下長嘯子	きのした ちょうしょうし	大内瑞恵
58	本居宣長	もとおりのりなが	山下久夫
59	僧侶の歌	そうりょのうた	小池一行
60	アイヌ叙事詩ユーカラ		篠原昌彦

＊印は既刊。　★印は次回配本。

『コレクション日本歌人選』編集委員（和歌文学会）
松村雄二（代表）・田中　登・稲田利徳・小池一行・長崎　健